Sonya
ソーニャ文庫

僕だけのシュガードール

沢城利穂

イースト・プレス

contents

◇序章　恋とも呼べず◇

色とりどりの薔薇《ばら》が咲き乱れる見事な庭に、楚々《そそ》とした笑い声が響く。

目にも眩《まぶ》しい白いテーブルクロスの上には、王室御用達《ごようたし》でもあるロイヤル・アルバートの茶器が並び、銀のティースタンドにはキュウリのサンドイッチと焼きたてのスコーン、そして可愛らしいケーキが並んでいて、貴婦人が優雅な所作《しょさ》でそれらを小鳥が啄《ついば》むように食べてはロー・ティーを楽しんでいた。

「それにしてもクリスティーナはお人形のように愛らしくて羨《うらや》ましいわ。このくらい可愛い子を授かっていたら、ドレスをたくさん新調して着飾ったのに」

このティーパーティーを主催しているオルコック伯爵家のエリザベート夫人は、つくづくといった様子でため息をつく。

それに対して十二歳のクリスティーナは、サファイアのような蒼い瞳を細め、ただ静かに笑顔を浮かべた。

艶《つや》やかでサラサラのハニーブロンドのトップに水色のリボンを飾り、同じ素材の水色のドレスに身を包んでいるクリスティーナは、そうしていると最近パリで流行しているというビスク・ドールにそっくりらしいのだ。

「クリスティーナ、褒《ほ》めて頂《いただ》いたお礼をなさい」

「どうもありがとうございます。お茶もケーキもとても美味《おい》しくて、こんなに素敵なロー・ティーに招待して頂けただけでも光栄なのに、嬉しいです」

母に促《うなが》されて、さらに笑みを深くしてお礼を言うクリスティーナを見て、エリザベート夫人も満足げに微笑む。

「やっぱり女の子はおしとやかね。その点、男の子はぜんぜんだめ」

「そんなことありませんわ。オルコック伯爵家の三兄弟といえば、パブリックスクールでも飛び級をするほど優秀だと聞いておりますわ」

「けれど男の子はすぐに手が離れてつまらないわ。ねぇ、クリスティーナさえ良ければうちの息子たちの誰かと婚約しない？」

「婚約です、か……？」

いきなりの申し出にクリスティーナは、ただでさえ大きな目を瞬《しばたた》かせた。

どう返答すべきか悩んで母を見上げれば、とっておきの笑みを浮かべている。

「イギリスでも屈指《くっし》の貿易商を営んでいるオルコック伯爵家のご子息と婚約できるなんて、こちらからお願いしたいくらいですわ」

「それを言うならもっと大成功を収めているウェントワース伯爵家のお嬢さんが、息子の誰かの花嫁になってくれたら素敵だわ」

「帰ったらさっそく主人と相談しますわ。と言いましても、喜ぶに違いありません」

母もエリザベート夫人もすっかりその気になって、ウェディングドレスはどこのデザイナーがいいとか、教会はどこを押さえてレセプションの食事をどうするとか、クリスティーナがまだ十二歳だというのに、気の早い話で盛り上がり始めた。

父に溺愛《できあい》されて大切に育てられたせいで、おとなしい性格に育ったクリスティーナは、盛り上がりを見せる母たちの会話に口を挟めず、ミルクがたっぷりと入った甘いアッサムティーを飲みながら黙っているしかない。

（お母様もエリザベート夫人も結婚のお話ばかりしているけれど、相手が決まっていなくてもいいのかしら）

結婚相手を決めるほうが先だと思うのに、さらにその先の話で盛り上がれるなんて。

クリスティーナとしては、婚約する相手のことのほうが気にかかる。

自分の意思で相手を決められないことは承知しているが、結婚式のことばかりで、肝心《かんじん》の相手がどんな男性なのかわからないままでは話にも加われない。

できれば絵本に出てくる王子様のように素敵な男性と結婚したいが、エリザベート夫人の三人の息子とは、いったいどんな男性なのだろう？

そんなことを思いつつおとなしく紅茶を飲んでいると、それに気づいたらしいエリザベート夫人が口許に手をやった。

「あら、ごめんなさいね。結婚の話なんて、クリスティーナにはまだ早かったかしら？」

「そんなことございませんわ。クリスティーナ、まだエリザベート夫人とお話がありますから、しばらく庭を散策《さんさく》させてもらいなさい」

「そうします。エリザベート夫人、お庭を拝見してもよろしいですか？」

庭の散策のほうが楽しく思えて素直に頷《うなず》いたクリスティーナは、エリザベート夫人を見上げて首を傾《かし》げる。

「自慢の庭なの。気に入った花があったら摘《つ》んでもいいわよ」

「ありがとうございます」

花を摘む許可をもらえたことが嬉しくて、にっこりと微笑んで席を立つ。

そしてさっそく薔薇のアーチを抜けて、広大な庭を見渡した。

辺りには今が盛りの薔薇だけでなく、色とりどりの花がいたる所に咲き誇《ほこ》っていて、その見事な庭園を眺めるだけでも、まるで夢の中に迷い込んだような気分になった。

「ふぅ……」

花の香りを胸いっぱいに吸い込んだクリスティーナは、そこでようやく心からリラックスすることができて肩の力を抜く。

どうやらエリザベート夫人を前にして、少し緊張していたようだ。

（水の音がするわ。どこかに噴水があるのかしら？）

どこからともなく聞こえてくる水音を頼りに薔薇の咲く小径《こみち》を進んでいくと、薔薇の香りがどんどん濃密になってきた。

ただでさえ薔薇が咲き乱れているのに、これよりもっと素敵な薔薇園があるのだろうかと期待しつつ、ゆったりとした歩調で進んでいく。

すると薔薇の小径がふと途切れ、先ほどロー・ティーを楽しんでいた薔薇園よりもっと広大な薔薇に囲まれた噴水の広場に出た。

「まぁ……」

まるで百合《ゆり》の蕾のような噴出口から水が噴き出し、三段ほどの花びらのような受け皿に水が滝のように流れ落ちる仕組みになっている。

クリスティーナの家の庭にも噴水はあるが、それとはまた違った趣《おもむき》の噴水を発見したことが嬉しくて、噴水の縁《ふち》に腰掛けて水面を眺める。

水面には薔薇が何輪か浮かんでいて、天鵞絨《ビロード》のような花弁には丸い水滴がついていた。

（素敵……もっと薔薇を浮かべたらどうかしら？）

薔薇の花にそっと触れて、水面にたゆたう様子を眺めているだけでも楽しかったが、エリザベート夫人に花を摘む許可をもらっているので、近くに咲く薔薇をたくさん摘んで水面に浮かべ、クリスティーナはしばらく噴水の縁に腰掛けて水遊びを楽しんでいたのだが。

「あふ……」

大きなあくびをしてから慌てて辺りを見まわして、誰もいないことにホッとした。

外出することは滅多にないので、昨夜は嬉しくてあまり眠れなかったのだ。

一人で心ゆくまま寛《くつろ》いでいるせいか、眠ってはいけないと思うのに、なんだかどんどん眠くなってきて、クリスティーナはまたあくびをする。

(ここで眠ったらだめよね？)

招待されている屋敷の敷地内で眠るなんて、きっと失礼にあたる。

しかし眠気を紛《まぎ》らわせる為に薔薇を摘んでみても、眠気は一向に去らない。

それどころかますます眠くなってきて、膝《ひざ》に力が入らなくなってきた。

(誰もいないし、少しだけ)

エリザベート夫人との会話を楽しんでいる母に眠いと言っても、どうせ我慢するように言われるだけだ。

ならばここでしばらく眠ってから、戻るほうがいいに決まっている。

もうすぐ六月とあって、芝生《しばふ》に寝転ぶにはちょうどいい陽気ということもあり、クリスティーナは摘んだ薔薇を手にしてその場に寝転んだ。

いつもはどんよりとしているロンドンの空も、今日は抜けるように青い空をしている。ゆったりと流れていく雲を眺めているうちに目蓋《まぶた》が重くなってきて、クリスティーナはそのまま眠ってしまった。

そしてどのくらい経っただろうか――頬《ほほ》を包み込むように触れられた気がして、くすぐったさに肩を竦《すく》めた。

それでもまだ眠気は去らず目を閉じたままでいるが、大きな手が今度は長いハニーブロンドの髪を梳《す》いていくに至って、ようやく目が覚めた。

長い睫毛《まつげ》を震わせて目をそっと開くと、そこには黒髪の十代半ばと思しき青年がクリスティーナを覗《のぞ》き込むようにして隣に座っていた。

「あ……」

あまりに驚きすぎて目を開いたまま動けずにいると、その青年は優しく微笑んだ。

北の海を思わせる深蒼色《ミッドブルー》の瞳がとても印象的で、まるでクリスティーナが想像していた王子様のように整った顔をしている。

「想像どおりの蒼い瞳だ。サファイアブルーは僕の大好きな瞳の色だよ」

「あなたは誰……？」

慌てて起き上がろうとするクリスティーナを手伝ってくれた青年は、クスッと笑いながら髪を整えるように撫《な》でてきた。

それだけで胸がドキドキと高鳴り、頬が染まっていくのがわかる。

「驚かせたならごめん。僕の名はギルバート・オルコック」

「ギルバート……オルコック？　では、エリザベート夫人の息子さん？」

「そうだよ。でも驚いたな、僕のとっておきの場所で、こんなに可愛らしい淑女《レディ》が眠っていたなんて」

「ご、ごめんなさぃ……」

恥ずかしさに俯《うつむ》いたその時、彼がスケッチブックを持っていることに気づいた。

「あぁ、これが気になる？」

「……絵を描かれているのですか？」

「家督《かとく》や貿易の仕事は兄に任せて、将来は画家になって気ままに暮らそうと思ってね」

「そんな暮らし方も素敵ですね」

冗談めかして言うギルバートを見て、クリスティーナも微笑んだ。

今時の貴族は家の存続の為に、まずは事業に精を出すというのに、仕事ではなく芸術を愛しているところが目新しく思えたのだ。

「僕の考えを否定しないのは君が初めてだ。僕の絵に興味がある？」

「はい、見てみたいです」

「ならばまず名前を教えてくれないか？」

彼が優しく語りかけてくるのでごく自然に会話をしていたが、そういえばまだ名乗っていないことに気づき、スカートを軽く摘まんだ。

「クリスティーナ……クリスティーナ・ウェントワースと申します」

「へぇ、あのウェントワース伯爵が大切に育てている深窓の令嬢は君だったんだ」

「深窓の令嬢だなんて……ただ父が厳しいだけです」

「物は言い様だね。でもクリスティーナを見て納得した。こんなに可愛かったら、大切に隠しておきたい気持ちもわかるな」

クスクス笑いながら言われても恥ずかしいだけで、クリスティーナは少し恨めしげにギルバートを見上げる。

「それより早く絵を見せてください」

「あぁ、そうだったね。はい、僕は主に植物を描いているんだけれど……」

スケッチブックを差し出され、説明を聞きながら開いてみれば、そこにはとても美しい四季折々の庭や、単体の花々が描かれていた。

鉛筆だけで描かれた白黒の世界なのに、まるで花の色が伝わってくるようだ。

「絵のことはまだ勉強中ですけれど、とても温かい絵ですね」

淑女の嗜《たしな》みとして絵画を鑑賞する機会も多く、それこそ有名な画家の絵も鑑賞したことがあるが、ギルバートがスケッチした庭の絵のほうが好ましく思える。

そしてページを捲っていった時、薔薇園で眠る天使の絵を見つけて、ふと手を止めた。

「これは……」

まるでこの庭に舞い降りた天使が、この薔薇園で羽を休めているうちに眠ってしまったような幻想的な世界観に魅了され、クリスティーナはギルバートを見上げた。

すると彼は少し照れたように微笑んで、スケッチブックに視線を落とす。

「今まで植物にしか興味がなかったんだけど、クリスティーナの寝顔を見て、初めて人物画を描いてみたんだ」

「これが私!?」

空想上の天使を描いたのだとばかり思っていたのに、まさか自分のことを描いていたなんて夢にも思わなかった。

ギルバートの目には、自分がこんなに綺麗に映っているのだろうか？

なんだか畏《おそ》れ多い気もして、感想も言えずにただただ描かれた自分を凝視《みつ》める。

「クリスティーナはもっと可愛いのに、初めてだからあまり上手く表現できなかった」

「そんなことありません。こんなに綺麗に描いてくださって……けれど寝顔をデッサンされていたなんて少し恥ずかしいです」

気持ちよく眠っている間、ギルバートが自分の寝顔を凝視めてデッサンしていたのかと思うだけで照れてしまって、クリスティーナは頬を染め上げた。

「ならば次に会った時、正式にモデルになってくれる？」

「私でいいのですか？」

「クリスティーナがいいんだ」

また髪を優しく梳かれて、毛先にチュッとキスをされてしまい、クリスティーナはこれ以上ないというほど真っ赤になった。

同時に胸がドキドキと高鳴って、すべてを見透《みす》かすようなギルバートの深蒼色の瞳から目が離せなくなる。

「ホリデーには僕もパブリックスクールから帰ってきて、ゆっくりと時間が取れるから、クリスティーナを招待するよ」

「ホリデーですね。わかりました」

素直に返事をしたものの、父の許しがなければ、いくらギルバートが招待してくれてもこの屋敷へ来ることは難しい。

しかしまたギルバートに会いたい一心で、約束を交わしてしまった。

そのくらい彼に興味があり、もっと仲良くなりたいと思ったのだ。

「良かった、ならば約束だよ。必ずまた会おう」

ギルバートはクリスティーナの頭を撫でたかと思うと、その場から立ち上がって薔薇の小径へ消えていった。

その後ろ姿をジッと凝視めていたクリスティーナは、彼の姿が見えなくなると同時に、熱くなっている頬を覆った。

（なんて美しい男性なのかしら。それにとても優しくて、まるで本物の王子様みたい）

時間にしたらほんの束の間だったが、奥手《おくて》なクリスティーナにとっては男性と二人きりで話すなんて大事件だ。

二人で過ごした時間を思い返すだけで、なんだか胸の奥が甘く蕩《とろ》けてしまいそうなる。

（お母様とエリザベート夫人のお話が決まったら、ギルバート様と結婚できる？）

そう思うだけで身体がふわふわと浮き上がりそうなほどの喜びが込み上げてきて、クリスティーナはふんわりと微笑んだのだが――。

それ以来オルコック伯爵家へ行く機会はなく、ギルバートとも会えないままでいた。

それでも彼と交わした言葉は、クリスティーナの中でいつまでも美しい宝石のようにキラキラと輝きを放ち、いつかまた会える日を心待ちにするようになった。

甘美な想いに胸が焦《こ》がれはしたものの、ギルバートへの想いはあまりにも淡く、奥手なクリスティーナにはそれが恋と呼べるのかもわからなかった。

しかし心と身体が成長していくに従って、あの時の出会いが初恋だとようやく自覚して、ギルバートのことは美しい思い出として、心の奥にいつまでも残っていたのだった。

◇第一章　うつろう心◇

藤《ふじ》の花が甘い芳香を放ち、藤棚にまるで花のカーテンのように咲く頃。

とてもよく晴れたその日は、クリスティーナの十九歳になる誕生日だった。

懇意《こんい》にしている貴族の女友達を招待してのガーデンパーティーを開き、とても美しい娘に成長したクリスティーナは、友人たちとの会話を楽しんでいた。

藤棚の下に設《しつら》えた大きなガーデンテーブルには、ロイヤル・ウースターを代表する二十二金を研磨《けんま》して、その上にフルーツが描かれているペインテッド・フルーツシリーズのティーセットが並び、純金のティースタンドにはキュウリのサンドイッチと焼きたてのスコーン、そして小さく可愛らしいケーキが並ぶ。

フルーツバスケットにはオレンジやマスカット、それにラズベリーやストロベリーなどのベリー類がたくさん盛られていて、それらを思い思いに摘まみながらする女友達とのおしゃべりはとても楽しく、クリスティーナはすっかり寛いでいた。

しかし年頃の娘が六人も揃《そろ》うと、最初は当たり障《さわ》りのない話をしていた筈《はず》が、いつの間にやら恋愛や結婚についての話題となっていった。

「そういえばジェシカ、あなた婚約が決まったそうじゃない」

「ええ、実はそうなの。今年中にエイベル伯爵家へ嫁《とつ》ぐ予定よ」

「まぁ、そうだったの？」

「おめでとう、ジェシカ」

アナベルの言葉に笑顔で頷いたジェシカを見て、ブリトニーとキャロルとビアンカ、そしてクリスティーナもきゃっと声をあげる。

「どうやって出会ったの？」

「お父様同士が仲が良くて、私の知らない間に決まっていたの」

しかしいざ会ってみれば、とても紳士でハンサムな男性だったと、ジェシカは嬉しそうに微笑んでみせる。

その笑顔が幸せそうで、クリスティーナもなんだか自分のことのように嬉しくなった。

「私もアビルトン公爵家で催《もよお》されたダンスパーティーで、運命の男性に出会ったの」

「まぁ、相手はどなた？」

ブリトニーが内緒話を持ちかけるように告白をした途端、全員が驚いて注目した。

するとブリトニーは嬉しそうに微笑んで、少しもったいつけるように全員の顔を見まわし、それから笑みを深くした。

「オースティン伯爵家の家督を継いでいるシリル様よ」

「まぁ、シリル様といえば、社交界でも有名な方じゃない」

「どういう意味で有名なの？」

「それはもちろん、ハンサムでご婦人方に人気があるって意味よ」

社交界には疎《うと》いクリスティーナが首を傾げると、ビアンカが少し興奮気味に教えてくれて、またブリトニーに注目する。

「ダンスパーティーの日に情熱的な夜を過ごして、翌日にプロポーズをされたの」

「まぁ、いったいどんな一夜を過ごしたの？」

「話すまで逃がさないわよ」

「うふふ、聞きたい？」

ブリトニーの言葉にみんなして頷くと、彼女は微笑みながらベッドでの情事を話し始め、奥手なクリスティーナはそれだけで真っ赤になった。

「あら、クリスティーナには刺激が強すぎたかしら？」

「そういえばクリスティーナはどうなっているの？」

「私？　私は特に……」

「クリスティーナからは初恋の男性の話しか聞いたことがないわね」

アナベルの声を皮切りに、みんながクリスティーナに注目をする。

仲のいいみんなには初恋をしたことは打ち明けたが、あの日ギルバートと出会ってから今の今まで、彼と再会することはなかった。

あの時ホリデーには屋敷へ招待してくれると言っていたが、きっと父がその招待を断ったのだろう。

それ以来なんの音沙汰もないし、二十七歳の立派な男性になったギルバートは、きっと今頃自分のことなど忘れて、画家として思う存分絵の世界に没頭していることだろう。

「クリスティーナは本当に奥手ね」

「ビスク・ドールみたいに綺麗なのに、このままだと私たちの中で最後に結婚することになるんじゃないかしら？」

「けれどクリスティーナのお父様は交友関係がとても広いから、結婚相手を見つけたらすぐに跡取りとして迎えると思うわ」

「意外とクリスティーナが一番に結婚するかもしれないわね」

友人たちの話を聞いているだけでなんだか恥ずかしくなって、クリスティーナは気持ちを切り替えるようにティーカップを傾けた。

「ねぇ、クリスティーナは男性と一夜を共にしたことはある？」

「そ、そんなのしたことないわ」

興味津々といった様子のキャロルにずばりと訊かれて、思わずティーカップを取り落としそうになりながらも、きっぱりと否定した。

そんなクリスティーナの様子を見て、みんながクスクス笑いながら顔を寄せてくる。

「男性に愛されると、蕩けるほど気持ちよくなるのよ」

「身体を優しく愛撫されるとね、まるで天国に上り詰《つ》めるようで頭が真っ白になるの」

みんな一見するとなにも知らないお嬢様のようなのに、声を潜めて話しかけてくる時の表情は、なんだか少し色っぽく見える。

「みんな、もしかしてもう誰かに純潔を捧げたと言うの？」

「とっくに捧げているわ」

「この中で純潔だったのは、クリスティーナとジェシカだけだったのよ」

「私も相手の方と結ばれたから、なにも知らないのはクリスティーナだけね」

同じ奥手のジェシカに告白されて、クリスティーナは驚きすぎて目を瞬かせた。

見た目はまったく変化もなかったのに、みんないつの間にか純潔を捧げていたなんて。

「結婚するまで守り通すものだと思っていたわ」

「そんなの時代遅れよ。親の都合で結婚させられるのだもの。純潔くらい好きな人に捧げてもいいと思わない？」

「まったくそのとおりだわ。クリスティーナもそう思うでしょう？」

結婚は親が決めた男性とするもので、純潔もその時に捧げるものだと思い込んでいたが、友人たちの話を聞いているうちに、なんだかどんどん考えが変わってきた。

「そうね、そうよね……私も好きな男性と結ばれたいわ」

「奥手なクリスティーナにしてはいい判断だわ」

「けれど、クリスティーナのお父様が最大の難関ね」

「そうね。おじ様は悪い虫がつかないように、クリスティーナをそれはもう大切にしているし、人目を忍んで会うことも儘ならないわよね」

クリスティーナの父はとても厳しく、未だに仲のいい友人からティーパーティーに招待されても、そこに男性の影がないか確認してからでないと出席を許してくれない。

大切にされているのはわかるし、愛を感じるが、友人たちが自由に過ごしている姿を見ると、少し窮屈に感じてしまうこともあった。

もちろん父のことは信頼しているのであまり不満はないが、友人たちの話を聞くと、自分がどんなに世間知らずか思い知らされる。

「ところでクリスティーナの好きな男性って誰？」

「言わないとだめかしら？」

「もちろんよ。どちらの男性かわかれば、私たちが逢瀬《おうせ》を手伝えるかもしれないし」

友人たちはとてもワクワクした様子で、クリスティーナを凝視めてくる。

なんだか照れくさくなってしまったが、それでも言わなければいけない空気を感じ取り、思いきってギルバートの名を告げた。

「いやだ、初恋のままじゃない」

「クリスティーナらしいけれど……」

「けれどオルコック伯爵家のギルバート様といえば、今や変わり者で有名よ」

「変わり者……？」

訳がわからず首を傾げると、友人の中で一番社交的なビアンカが訳知り顔で頷く。

「オルコック伯爵家の三兄弟といえば、眉目秀麗《びもくしゅうれい》で頭も良くて、三人ともパブリックスクールを飛び級で卒業したっていうのは有名な話だけれど……」

長男のルーカスは威厳があって、率先してリーダーシップを取り、今はとある男爵家の美しい令嬢と結婚をして、家業を継いでいるとのことだった。

そして三男のマーヴィンは笑顔が爽やかな好青年で、ルーカスの補佐をして家業を学んでいるらしい。

しかし次男のギルバートだけは家業も継がずに自由気ままに暮らしていて、オルコック伯爵家の穀潰《ごくつぶ》しだという噂が立っているのだという。

「ギルバート様は画家を志望されていたから。夢を追うのは悪いことではないわ」

「もちろん夢を追うのは悪いことではないけれど……」

「貴族の子息が画家になるのは……ねぇ？」

「画家として名を上げたという話も入ってこないし」

友人たちから賛同を得られず、クリスティーナは肩を落とした。

確かに画家として名を上げた話は聞かないし、今頃なにをしているのだろう？

家業を手伝って、クリスティーナの父も一目置くほどの男性だったら、もしかしたら今頃おつき合いができていたかもしれないのに。

もちろんそれはクリスティーナの都合で、ギルバートの意思を無視した勝手な妄想だが、純潔を捧げる相手として思い浮かぶのは、彼以外にいない。

「おじ様はきっと別の相手を選ぶと思うわ」

「やっぱり私たちが逢瀬を手伝うしかないわね」

「待って。幼い頃に一度お会いしただけなのに、ギルバート様が私を覚えてくださっているかわからないもの」

友人たちの気持ちは嬉しいが、もし再会できても、ギルバートが自分を忘れている可能性のほうが高い。

なのに一方的に好きな気持ちを伝えても、彼もいきなりのことに困惑すると思うのだ。

「みんなどうもありがとう。気持ちだけ受け取るわ」

「本当にそれでいいの？」

「思い出は綺麗なまま取っておくほうがいいかもしれないけれど……」

「それもそうね。意に沿わない結婚をした時に、美しい思い出を持っていたほうが気持ちも休まるでしょうし」

みんなはクリスティーナの恋愛を手伝えなくてがっかりしていたが、すぐに気を取り直したようで、まずはブリトニーが別の話題を持ち出した。

「ところでみんな、クリスティーナ・シリーズはもう手に入れた？」

「あら、ブリトニーったら。もう手に入れたの？」

「うふふ、そうなの。ようやく手に入れたから、実は自慢したかったの」

「社交界でもなかなか手に入らないって、噂だものね」

「……クリスティーナ・シリーズってなにかしら？」

自分と同じ名がついたなにかの話題に、クリスティーナは首を傾げた。

するとアナベルが少し興奮した様子で説明してくれる。

「出自が謎の人形師が作ったビスク・ドールで、それこそクリスティーナにそっくりな幻のお人形なのよ」

「市場に出ることは滅多になくて、偽物も出回っているらしいけれど、本物には背中に薔薇の紋章《もんしょう》が彫り込まれていて、なにより出来が格段に違うらしいの」

「ビスク・ドールはフランスが有名だけれど、そのお人形はイギリス製のビスク・ドールで、クリスティーナ・シリーズという名だけはしっかりとわかっているのに、謎の多い人形師の作ということで、余計に価値が上がっているのよ」

友人たちはどこかうっとりとした様子でクリスティーナ・シリーズについて教えてくれて、そのミステリアスなビスク・ドールにクリスティーナも興味を持った。

「みんながそんなに言うほどのお人形なら、いつか私も見てみたいわ」

「そういえば名前だけでなく、クリスティーナに本当にそっくりね」

「そう言われてみればそうね。なんだかクリスティーナをモデルに作ったみたい」

友人たちが人形との共通点を探し出すような目つきで注目してきて、クリスティーナは困ったように椅子に張りついた。

「私と比べてもなにも知らないわ」

「まぁ、そうよね。社交界で流行しているだけだから、社交界とは縁遠いクリスティーナが知らなくても当たり前よね」

「あぁ、私も早くクリスティーナ・シリーズを手に入れたいわ」

「私も父にお願いしているけれど、なかなか手に入らなくて」

「それより聞いた？　今度キングス・ロードに新しいお菓子屋ができるらしいわよ」

「まぁ、本当に？　どんなお菓子を扱うのか楽しみね」

別の話題で盛り上がり始め、クリスティーナはどこかホッとしながらその話題に微笑む。

しかし自分にそっくりな人形が社交界で流行していて、可愛がられているなんて、なんだか複雑な気分だ。

それでもみんながせっかく祝ってくれているガーデンパーティーの席で、主役である自分が複雑な表情を浮かべている訳にもいかず、クリスティーナは気を取り直して時間が許す限りおしゃべりを楽しんだ。

そして陽も傾き始めた頃になり、友人たちの迎えが次々とやって来て、一人一人にお祝いをしてくれたお礼をして見送り、最後の友人が帰るのを見送った時だった。

「クリスティーナ様、ご主人様が書斎でお待ちです」

「ありがとう、なにかしら？」

クリスティーナが生まれる前からメイドをしているシェリルの言葉に首を傾げつつも、父の書斎へと向かう。

今日はクリスティーナの誕生日とあって、父も仕事を早めに切り上げていた。

話があるなら誕生日を祝うディナーの席で話せばいいのに、滅多に入ることのない書斎へわざわざ呼ぶなんて、そんなに急ぎの話があるのだろうか？

わからないながらも長い廊下を歩いて父の書斎の前まで辿《たど》り着いたクリスティーナは、ふと息をついてからノックをした。

「お父様、クリスティーナです。入室してもよろしいですか？」

貿易商という仕事柄、海外の客を屋敷へ招いて接待や商談をしている時も多々あるので、名乗って入室の許可を待った。

するとすぐに入室の許可が下りて、少し畏《かしこ》まりながら書斎へ入室した。

見れば来客の姿はなく、父がマホガニーの執務机とセットになっている革張りの椅子にゆったりと腰掛けているだけだった。

「お父様、お話があるとシェリルから聞いております」

「あぁ、そこに座りなさい」

執務机の前にあるソファに座るよう促されて素直に身を預けると、父もクリスティーナの隣に腰掛けた。

「誕生日おめでとう。今日でクリスティーナも十九歳か……子供だとばかり思っていたが、早いものだな」

クリスティーナの頬を撫でながら、つくづくといった様子で父は目を細める。

それがくすぐったくて、クリスティーナは笑顔を浮かべた。

「お父様がお仕事を頑張ってくださるおかげで、ここまで成長できたのよ」

「私の小さな淑女は、今やデビューもしていない社交界でも噂になるほど美しく育って、もうそろそろ私の、とは呼べなくなるな」

「そんなことないわ。私はこれからもお父様とお母様とずっと一緒に暮らしていくもの」

父に甘えて肩に頭を乗せ、逞《たくま》しい腕に抱きつくと、父は嬉しそうに微笑む。

しかしすぐに肩に手をかけられ、向き合う形を取らされる。

「十九歳ともなれば、もう結婚をしてもおかしくない歳だ。クリスティーナには幸せな結婚をしてもらいたいと思っている」

「どういうことですか？」

今までずっと傍にいたのに、父がなんだか急に遠い存在のように思えて、胸が不安にコトコトと音をたてる。

しかし父はそんなクリスティーナには気づいていないようで、瞳をジッと凝視めてきた。

「実は仕事で半年ほど香港《ほんこん》へ行くことになってな。カトリーナも一緒に行くと言うんだ」

「……私も一緒に行くのですよね？」

「いや、我が娘ながら本当に美しいし、年頃の娘を香港に連れて行く訳にはいかない」

「では一人でお留守番をするのですか？」

香港がどんな土地だかわからないが、そんなに治安が悪いのだろうか？

今まで父に守られて暮らしてきたのに、いきなり一人で留守番をするのも不安で、クリスティーナは戸惑いに瞳を揺らす。

「昔、カトリーナに連れられて、オルコック伯爵家のロー・ティーに招待されたのを覚えているか？」

「はい、よく覚えていますが……」

父がなにを言わんとしているのかわからなかったものの、クリスティーナは素直に頷く。

十二歳の時、母に連れられてオルコック伯爵家を訪ね、エリザベート夫人が淹《い》れてくれた甘いアッサムティーの味と、ギルバートと過ごした楽しい時間を瞬時に思い出す。

「エリザベート夫人がカトリーナと話した婚約を打診してきてな。いい機会だ。結婚を前提に、私たちが帰ってくるまでの間、オルコック伯爵家に滞在させてもらいなさい」

「私がオルコック伯爵家へ？」

「エリザベート夫人の元で行儀見習いをするという建前で、マーヴィンがウェントワース伯爵家の家督と私の事業を継ぐに相応しいご子息か見極めてくるんだ」

「……マーヴィン様です、か……？」

父にとって、自由気ままに暮らしているというギルバートは、端《はな》から頭にないのだろう。

それが悲しくて俯いたところで、頭を撫でられる。

「マーヴィンは好青年だ。クリスティーナを大切に扱うと約束してくれた」

「そうですか……」

もう既に父はマーヴィンと話をつけているようで、あとはクリスティーナさえ気に入れば、すぐにでも婚約を取りつけようとしているのがわかった。

クリスティーナが恋をしているのは、マーヴィンの兄であるギルバートなのに、彼に想いを伝える前に、婚約が決まってしまうかもしれない。

そう思うとなんだかがっかりしてしまったが、父に逆らったことのないクリスティーナは、そこでギルバートの名を出すことができず、長い睫毛を伏せた。

その様子が父には怯えているように見えたのか、苦笑を浮かべつつ髪を梳かれる。

「心配することはない。すべて上手くいく」

「はい……」

クリスティーナが素直にマーヴィンのプロポーズを受けて、幸せそうに微笑んでウェディングドレスを着ている姿が、父にはもう想像できているのだろう。

クリスティーナを安心させようと、しっかりと頷いてくる。

それに力なく応えたクリスティーナは、初恋が実らずに終わることを覚悟した。

(ギルバート様は私を覚えてないでしょうし、初恋は実らないものだと誰かが言っていたし、仕方のないことなのよね)

なによりウェントワース伯爵家を維持していく為には、自分の気持ちなど封印して、家の為に働いてくれる旦那様を迎えなければいけないのだ。

先ほども友人の誰かが、意に沿わぬ結婚をしなければいけないのだから、思い出は美しいままとっておくほうがいいと言っていた。

（そうよ、ギルバート様を想う気持ちは心の中にしまわなければいけないのだわ）

そうは思うものの、婚約者が想い人の弟だなんて、少し皮肉に感じてしまう。

それでも父が決めた相手と、父が理想とする家庭を作るよう心に決めた。

「お父様たちと離ればなれになるのは寂しいですけれど……ウェントワース伯爵家の為にも、オルコック伯爵家のご子息とおつき合いします」

「そう言ってくれると信じていたよ。私の可愛いクリスティーナ」

父はおそらく、クリスティーナがもっと戸惑うと思っていたのだろう。

案外あっさりと受け容れたことに、ホッとしているようでもあった。

「可愛いクリスティーナをくれてやるのは惜《お》しいが、家の存続の為だし仕方がない。だが誕生日の今日は、まだ私の可愛い淑女でいておくれ」

「ええ、もちろん。大好きよ、お父様」

「なんだかもっと惜しくなってきたな」

笑いながらハグをしてくる父の頬にキスを贈ると、すっかり機嫌が良くなった。

しかしクリスティーナの気持ちは、反対に沈んでいくようだった。

「家族三人で祝う誕生日は最後になるだろうから、今日は大いに祝おう」

「ええ。嬉しいわ」

来年はマーヴィンをこの屋敷に迎えていると信じて疑わない父ににっこりと微笑んでみ

せ、エスコートされるままダイニングルームへと向かう。

するとそこには母が笑顔を浮かべて待っていて、クリスティーナを優しく抱きしめる。

「お誕生日おめでとう」

「どうもありがとう、お母様。お父様から聞いたわ。香港へ行かれるのですってね。どうか気をつけて行ってきてね」

「お土産に極上の白いシルクを買ってくるから、楽しみにしていてね」

「えぇ、楽しみにしているわ」

暗にウェディングドレス用のシルクなのだと言われているのがわかり、クリスティーナは少し寂しげに微笑む。

(どこまでいっても私はお父様とお母様の可愛いお人形のままなんだわ)

なにがあろうとも両親の手の中でしか生きられないのだと絶望しつつも、運命を受け容れるしかないクリスティーナは、心のどこかが欠けていくのを感じた。

それでもやはり両親の期待を裏切る訳にもいかず、表面では両親と過ごす最後の誕生日を大いに楽しんでいる振りをした。

(きっとこうやって心を少しずつ失いながら、大人になっていくんだわ)

そんなことを思いつつ、両親とシャンパンで乾杯《かんぱい》をしたクリスティーナは、甘い筈のシャンパンをほろ苦く感じ、ひとつ大人になったことを自覚した。

◇◇◇

クリスティーナの誕生日から三ヶ月が過ぎた昨日、両親は香港へ向けて旅立った。

もう子供ではないし泣くこともないと思っていたが、しばらく会えないと思うと涙が込み上げてきて、別れの汽笛《きてき》が鳴った時には涙が止まらなくなってしまった。

使用人はたくさんいるのに、屋敷に戻ってもなんだか部屋が広く感じて、昨晩のディナーもたった一人で食べたせいか、味気なく感じてしまった。

しかしひと晩ぐっすりと眠ったことで気持ちがリセットできたようで、シェリルと数人のメイドたちと共に、オルコック伯爵家へ持っていく荷物の最終チェックをした。

フットマンのロビンに荷物を託し、ようやくロー・ティーで落ち着くことができた。

ティーカップを優雅な所作で持ち、改めてというように、午後の陽が柔らかく射し込むテラスルームを眺める。

（半年もこのお屋敷を離れることになるのね……）

父が厳しくて外出すら滅多にしなかったというのに、慣れ親しんだ屋敷を長く空けると思うと、なんだか心細い気持ちになる。

そのくらい屋敷のあちらこちらに楽しい思い出がたくさん詰まっているせいか、今日からオルコック伯爵家に一人で滞在すると思うだけで、少しだけ恐く感じてしまう。

果たしてたった一度しか訪ねたことのない伯爵家に、世間知らずの自分が半年も一人で滞在できるだろうか？

オルコック伯爵家へ行くのを承諾したのは確かだが、今は少しばかり後悔している。

（お父様たちも旅立ってしまわれたし、今さらキャンセルなんてできないもの、ね……）

これからオルコック伯爵家の車が迎えに来るかと思うと、胸が不安でドキドキしてきた。

気を紛らわせようと残りの紅茶を飲み干し、深呼吸をした時、長年仕えてくれている執事のロバートと、メイド長のシェリルが近くへやって来た。

「お嬢様、迎えの車がお着きになりました」

「わかったわ。どうか私たちが留守の間、このお屋敷を守ってね」

「もちろんでございますとも。それにクリスティーナ様が将来の旦那様を連れ帰ってくることを期待してお待ちしております」

穏やかな笑みを浮かべるロバートと、僅《わず》かに涙を浮かべるシェリルに微笑んで、クリスティーナは覚悟を決めて席を立つ。

そして二人を伴って玄関へと向かってみれば、ロビンが早くもオルコック伯爵家のフットマンらしき茶髪の男性と一緒に、白いロールスロイスに荷物を運び込んでいた。

最低限の荷物にしようと厳選したにも拘《かか》わらず、二人とも荷物の山と車を何度も行き来するほどだった。

それをただ黙って凝視めていると、オルコック伯爵家のフットマンらしき人物は、クリスティーナが来たことに気づいたらしく、優雅な所作でお辞儀《じぎ》をしてきた。

「はじめまして。私はオルコック伯爵家の執事をしております、ヘクターと申します」

「まぁ、執事だったのね。どうぞこれからよろしくお願いします」

二十代後半か三十代にさしかかった年齢に見えたので、てっきりフットマンだと思ったのに、執事だったことに驚きつつも挨拶をした。

そんなクリスティーナの反応は想定内だったようで、ヘクターはグリーンの瞳を細める。

「我が家は代々オルコック伯爵家に仕えておりまして、ルーカス様が代替わりする際に、私もフットマンから執事になりました。どうぞお見知りおきを」

「どうりでお若いのね。けれど執事がわざわざ迎えにきてくださるなんて」

「大切なお嬢様をお迎えするのですから、他の者になど任せられません」

一分の隙もない様子で微笑むヘクターに、緊張していた筈のクリスティーナは、自分でも驚くほど冷静に笑顔を浮かべることができた。

それが自信に繋がり、こうして笑顔を浮かべていれば大丈夫だと思ったのだが――。

「どうかクリスティーナ様をくれぐれもよろしくお願い致します」

「お嬢様は我々の宝です。どうか頼みましたぞ」

シェリルが涙ながらにヘクターの手を取り、ロバートも深々とお辞儀をする。

そんな二人を見ていたら泣けてきて、クリスティーナも涙を滲ませた。

まるで孫娘を託すような二人の雰囲気に、ヘクターもしっかりと応えて頷いてみせる。

「ご安心ください。ウェントワース伯爵家の大切なお嬢様をお預かりするのですから、誠心誠意を以《もっ》てお仕えさせて頂きます」

そう請け負ったヘクターに安心したのか、シェリルもロバートも何度も頷いた。

そしてヘクターは後部座席の扉を開き、クリスティーナをエスコートする。

車に乗る際に屋敷を見上げたクリスティーナは、その姿を目に焼きつけるように見渡してから、素直に座席に着く。

「同じロンドン市内ですので、すぐに着きます」

「わかっております。どうぞ出発してください」

シェリルとロバートの後ろにはロビンを始めとした使用人が全員並び、お辞儀をしてクリスティーナを送り出してくれた。

しかしそれをマトモに見たら本気で泣いてしまいそうで、前だけを凝視める。

そしてようやく敷地内を出て車が公道を走り出したところで、クリスティーナはホッと息をつき、流れていく景色を見るともなしに見ながら、先代と、とても美しかったエリザベート夫人の姿を思い浮かべる。

両親が香港へ出発する前、母と二人でショコラの専門店で、エリザベート夫人へ贈る、ボンボンショコラをたくさん選んだのだ。

それを手渡しつつ、半年も滞在させてもらえるお礼をまずしなければいけない。

「エリザベート夫人はボンボンショコラはお好きかしら？」

「甘い物はお好きですので、喜ばれると思います。ですが……」

「なにかしら？」

「先代のポール様とエリザベート夫人は、今は私の父と共にブライトンの別荘に住まわれておりますので、すぐにお渡しするのは難しいですね」

あまりにもさらりと言われたので聞き流しそうになったが、先代の夫妻が屋敷にいないというのは聞いておらず、クリスティーナは驚いて目を瞬かせた。

「では、お屋敷には……」

「はい、家長のルーカス様と奥様のアリスン様、そしてギルバート様とマーヴィン様がクリスティーナ様のおいでを心待ちにしております」

まさかここでギルバートの名が上がるとは思わずに、ドキッとしてしまった。

動揺を隠せずに胸に手を当てて息を静かに整えるが、そんな些細な行動も、ヘクターは見逃さずにバックミラー越しに凝視めてくる。

「どうかされましたか？」

「エリザベート夫人がいらっしゃらないことは聞いていなかったので……」

「大奥様は、若い者同士のほうが気兼ねしないでしょうと仰《おっしゃ》っておりましたが……なにか問題でも？」

「なんでもないわ。けれど、いきなりマーヴィン様とお会いするかと思うと、少し驚いてしまって……」

もちろん跡を継いだルーカス夫妻が間に入って紹介してくれるのだとは思うが、心の準備がまだできていない。

そんなクリスティーナの戸惑いを察したらしく、ヘクターはクスクス笑う。

「クリスティーナ様がいらっしゃるのを心待ちにしているのは、なにもマーヴィン様だけではなく、ギルバート様もですよ。なんでも、昔お会いしたと仰っておりました」

ヘクターから驚きの事実を明かされて、思わず胸をギュッと押さえた。

ギルバートへの想いは心の奥底に封じ込めた筈なのに、彼が心待ちにしていると思うだけで、まるで心の古傷が、甘く疼くような感覚がする。

両親はクリスティーナの相手に、三男のマーヴィンを望んでいるのだ。

なのにまさかギルバートがあの日のことを覚えていて、さらにクリスティーナの到着を心待ちにしているなんて。

そう思うだけで胸がドキドキして、平静ではいられなくなる。

「ギルバート様が私のことを覚えていらっしゃるとは思わなかったわ……」

「しかしそう聞き及んでおります。まるで天使のように愛らしかったと仰っておりましたが、お会いして納得致しました。本当にビスク・ドールのようにお美しい」

優しく微笑みかけられたものの、微笑み返すことすらできない。

ヘクターの口ぶりでは、ギルバートはまだ幼い頃のクリスティーナを思い描いているように感じ、余計に緊張したのだ。

あれから七年も経ち、すっかり大人の女性に変貌してしまった自分を見て、ギルバートはがっかりしないだろうか？

(覚えてくださっているのは嬉しいけれど)

噴水のある薔薇園で、天使と見紛うクリスティーナを描いてくれたことを、まるで昨日のことのように思い出せる。

あの時のギルバートの目には、クリスティーナが美化されて映っていたのだと思う。

しかし成長した今、ギルバートが思い描いている容姿でなかったら、きっと自分のことなど興味がなくなるに違いない。

それに父には、マーヴィンを選ぶようにと言いつけられているのだ。

なのに今になってギルバートが心待ちにしていると聞かされても困るだけだ。

そう思うと彼と会うのが、少しだけ恐くなってしまった。

「この角を曲がりましたら到着です」

「はい……」

「そんなに緊張されなくても大丈夫ですよ。さぁ、オルコック伯爵家へようこそ」

ヘクターに敷地内へ入る際に優しい口調で歓迎される。

しかしクリスティーナはギルバートとの再会や、マーヴィンと会うことを思っただけで、返事をすることすらままならない状態に陥《おちい》っていた。

ただでさえドキドキしている胸の鼓動が、最高潮に達するのを感じる。

このまま倒れてしまうのではないかと思うほど緊張してしまい、静かに深呼吸を繰り返し、気を紛らわせようと窓の外を眺めた。

庭は今が盛りとばかりに様々な花が咲き乱れ、とりわけ薔薇が綺麗に咲き誇っている。

幼い頃に訪ねた時とほとんど変わらぬ庭に、少しだけ落ち着きを取り戻せた気がした。

「相変わらず素敵な薔薇園ね」

「先代のご夫妻は元より、皆様も薔薇を愛されておりますので、薔薇園に関しては庭師が入念な手入れをしております」

ヘクターの説明を聞きながら広大な庭を眺めているうちに、前方に白亜の屋敷が現れた。

キラキラと輝いて見えるのは、建物のいたる所に彫られた草花の彫刻に、金箔《きんぱく》が施されているからだろう。

長年住んでいたウェントワース伯爵家の屋敷も素晴らしい造りだが、オルコック伯爵家の屋敷も引けを取らない美しさだ。

(今日からここで暮らすことになるのね)

ほとんど初見の人々の許で暮らすのだと思えばまた緊張してきたが、それに加えてウェントワース伯爵家の恥にならないよう振る舞わなければならない。

それを思うと自然と身が引き締まり、クリスティーナは背筋を伸ばした。

やがて車はファサードで静かに停車し、ヘクターが車から降りて扉を開けてくれる。

手を差し伸べられて車から降り、立派な彫刻が施されている両開きの扉を凝視めているうちに、ヘクターがその扉を開いた。

それを待ち構えていたように、家長のルーカス夫妻らしき若い夫婦がにこやかに笑いながらクリスティーナの前に立つ。

「ようこそ、オルコック伯爵家へ」

「お会いできて嬉しいわ。私のことはどうかアリスンと呼んで」

ギルバートと同じ黒髪に、エメラルドグリーンの瞳をしたルーカスは、とても威厳のある風貌で、プラチナブロンドに蒼い瞳をした美しいアリスンと並ぶと、とてもお似合いのカップルに見える。

それに加えてアリスンに優しく話しかけられたことにホッとして、クリスティーナも笑顔を浮かべてスカートを摘まんだ。

「ごきげんよう。はじめましてルーカス様。しばらくお世話になります。それにアリスンも。どうぞ私のこともクリスティーナと呼んでください」

笑顔のまま二人を凝視めていると、アリスンはほぅ、とため息をつく。

「ギルバートが言っていたとおり、本当にビスク・ドールのように美しいわ」

「そうだな。さぁ、弟たちがそわそわして待っていることだし、お茶の時間にしよう」

ヘクターだけでなくアリスンにもビスク・ドールのようだと言われて、なんだか不思議な気分になったが、二人にエスコートされるままティールームへと向かう。

長い廊下に等間隔にある柱にはアールデコの美しい花台が並び、とても高価な花瓶には薔薇が飾られている。

それを見るとはなしに見ながらルーカス夫妻と共に歩いている時だった。

「ウェントワース伯爵はマーヴィンとの婚約を望んでいるようだが、ギルバートも悪い奴ではないんだ。この屋敷にいる間は、二人を公平に見て将来の伴侶を決めてほしい」

「それは……」

オルコック伯爵家でもマーヴィンを推してくるのかと思い込んでいたので、ルーカスの申し出は、クリスティーナにとっては意外な言葉だった。

しかし公平にと言われても、父にはマーヴィンをとくれぐれも釘を刺されていることもあり、ギルバートを同等に見る訳にもいかず、静かに頷くに止めた。

「どちらも美しいクリスティーナと並んでも引けを取らない美丈夫で、とても優秀な紳士だから、期待していて」

「こら、アリスン。はしゃぎすぎだぞ」

「だって、歳の近い義妹ができるのですもの。はしゃがないほうがおかしいわ」

「困った妻で申し訳ない」

アリスンの頬にキスをしたルーカスに謝られて、クリスティーナは笑顔を浮かべた。緊張していたものの、ルーカス夫妻の仲睦《なかむつ》まじい姿を見たら、自分も早くこんなふうに穏やかな関係を築きたいと思えた。

その相手がマーヴィンになるか、はたまたギルバートになるのかまだわからないが。とはいえマーヴィンと結婚する可能性のほうが高いので、ギルバートがパートナーになることはないと思う。

それでもルーカスが言うとおり、二人を公平に見たいという気持ちも強くなってきた。

ギルバートはいったい、どんな紳士に成長しているのだろう？

どちらにしてもルーカス夫妻が立ち止まった扉の向こうに、将来の伴侶となる男性がいることだけは確かで、また胸がドキドキしてきた。

「ギルバート、マーヴィン。クリスティーナが到着したぞ」

「さぁ、クリスティーナ。こちらへどうぞ」

アリスンに促されてティールームへと入室し、ラウンドテーブルのほうをおずおずと見上げると、そこにはあの日の面影を残しつつも、逞しく成長したギルバートと、穏やかな笑みを浮かべる優しそうなマーヴィンと思われる男性が席に着いていた。

二人とも緩やかなウェーブのかかった黒髪だが、ギルバートは深蒼色の瞳で、マーヴィンはルーカスと同じエメラルドグリーンの瞳だった。

「やぁ、また会えて嬉しいよ、クリスティーナ」

「ようこそ、君が来るのを待っていたよ」

ルーカスもそうだが、まるで彫刻のように完璧な美しさを持つ兄弟に話しかけられ、それだけで圧倒されてしまったクリスティーナは、ただ二人を凝視めていた。

しかしそこでハッと我に返り、慌ててスカートを摘まむ。

「こ、こんにちは。これからお世話になります。どうぞよろしくお願いします」

「堅苦しい挨拶は抜きにしてお茶にしよう。ヘクター、お茶の用意を」

「かしこまりました」

「クリスティーナはこちらの席に座って」

アリスンに勧められるまま席に着いたクリスティーナを、二人がジッと凝視めているのがわかり、なかなか顔を上げられない。

（こんなに美しいご兄弟のうちから、永遠の伴侶を決めるだなんて）

友人たちからオルコック伯爵家の三兄弟は、眉目秀麗でとても優秀だと聞いていたが、まさかここまで完璧な紳士だとは思わなかった。

幼い頃のギルバートも、まるで王子様のように美しかったが、立派な紳士になった今の彼は、大人の魅力を持ち合わせていて目に眩しいほどだ。

それにマーヴィンもとても優しそうな好青年で、彼となら結婚をしても穏やかな関係を築いていけるような気もする。

「本当にギルバートが言っていたとおり、ビスク・ドールにそっくりだね」

「そうだろう？　僕の理想どおりに成長していて嬉しいよ」

ギルバートに優しく微笑みかけられて、クリスティーナは頬を染め上げた。

ここへ着くまでの間、ギルバートが思い描いていた姿に自分が成長しているか不安に思っていたが、満足そうに微笑む彼を見てようやくホッとできた。

僅かに笑みを浮かべてギルバートを凝視めれば、彼もまた優しく微笑んでくれる。

「ずるいな、二人して凝視め合って」

「僕は一度会っているからね。その分リードしていても仕方ないだろう」

「もうクリスティーナの取り合いをするなんて、二人ともよっぽど気に入ったのね」

「もちろん気に入っているよ。あの日からずっとクリスティーナに恋をしているしね」

ヘクターが淹れた紅茶の香りを楽しみながら、ギルバートは臆面もなく言ってくる。

それを聞いて、クリスティーナは耳まで真っ赤になってしまった。

あまりにサラリと言ってくるが、ギルバートもあの時既に恋に堕ちていた？

嬉しいと思う反面、社交辞令に照れてしまう自分が恥ずかしい。

「俺もクリスティーナ・シリーズを見ているからね。それにウェントワース伯爵に気に入られている分、もしかしたら俺のほうがリードしているかもしれないよ」

「だがクリスティーナの心はとっくに僕に傾いていると思うな。ね、クリスティーナ？」

マーヴィンを優先しなければと思っているのに、まるでクリスティーナの心を見透かしているように笑いかけてくるギルバートに、どう返事をしていいのかわからない。

それにマーヴィンが、当たり前のように発した言葉も気になった。

先ほどからみんなして、ビスク・ドールに似ているとか、クリスティーナ・シリーズを見ているとか、自分を見て人形の話題が上がるのは、いったいどういうことなのだろう？

「あの、オルコック伯爵家は、クリスティーナ・シリーズを所有されているのですか？」

首を傾げて質問をすると、ギルバートがおや、と少し驚いた表情を浮かべる。

「クリスティーナ・シリーズのことを知っている？」

「友人が手に入れたと嬉しそうに話していたので。ですが実際に見たことはありません」

「だろうね。クリスティーナ・シリーズは滅多に市場に出回らないからな」

訳知り顔で頷くギルバートを不思議そうに凝視め、クリスティーナは王室御用達のエインズレイの代表作でもある、エリザベスローズのティーカップを傾ける。

先ほど自分の屋敷でロー・ティーをしてきたばかりだというのに、緊張のせいか喉が渇いていたらしく、華やかなマスカットフレーバーがする春摘みのダージリンを味わいつつ、それからルーカスを軸にして進む会話に、相づちを打ち参加していたのだが——。

「せっかくだ。ギルバート、クリスティーナを部屋に送り届けるついでに、コレクションを見せてあげるといい」

そろそろ陽も傾き始め、ティータイムも終わりに近づき、ルーカスが提案をする。

クリスティーナとしてはマーヴィンとできるだけ懇意にならなければいけないのに、いきなりギルバートと二人きりになるシチュエーションにされても少し困る。

しかしギルバートもルーカスの言葉に頷き、静かに席を立った。

「そうだね。僕も今そう思っていたところなんだ」

「ずるいよ、ギルバートが先にアプローチするなんて」

「これも兄の特権だ。悪いなマーヴィン、クリスティーナの心はこれで僕のものになる」

少しふて腐れた口調で言うマーヴィンに、ギルバートは不敵に微笑んで強気な宣言をしてから、クリスティーナの席に近づく。

傍にギルバートがいると思うだけでドキドキしてしまい、クリスティーナは俯いた。

「はいはい、わかりましたよ。けれどクリスティーナを射止めるのは俺だからね」

「まぁ、うふふ。二人とも自信たっぷりね」

マーヴィンが大袈裟に肩を竦めてみせ、アリスンの笑いを誘った。

しかし二人にアプローチされている当のクリスティーナは、ドキドキしっぱなしで、ちっとも落ち着かない。

しかもこれからギルバートと二人きりになるのかと思うだけで頭の中が真っ白になり、ティーカップが鳴らないようにラウンドテーブルに置くだけで、一気に消耗してしまった。

「さぁ、おいで。クリスティーナ・シリーズを存分に見せてあげよう」

「は、はい……」

近くで改めて見上げるとさらに美しい顔立ちをしていて、直視できなくなるほどだったが、椅子を引かれて素直に立つ。

頭ひとつ分だけ高いギルバートに、ごく自然と腰に手をかけられただけで、まるで雲の上を歩いているような気分になる。

（マーヴィン様を見なくてはいけないのに……）

大人になったギルバートのエスコートは完璧で、どう振る舞えばいいのかわからなかったクリスティーナも、スマートな立ち居振る舞いができた。

「アリスンと母がコーディネイトしたクリスティーナの部屋と、ビスク・ドールのコレクションを楽しんでくるといい」

「気に入ってもらえるといいけれど……またディナーの席で会いましょうね」

「ディナーの時は、俺がエスコートするよ」

ルーカスを始めその場に残ったアリスンやマーヴィンに声をかけられて、クリスティーナは僅かに微笑んだ。

「とても楽しみです。では、失礼します」

挨拶もそこそこに、ギルバートはクリスティーナを伴い、ティールームを出て長い廊下を歩き始めた。

気づかれないようにそっと見上げてみれば、ギルバートの整った顔が間近に見えて、ますます胸がドキドキと高鳴る。

(こんなに素敵になった男性が、私の初恋の人だなんて夢みたい)

あの頃よりも凛々しい顔立ちに加え、自分をすっぽりと包み込むほど逞しい身体つきになった彼にうっとりとしてしまい、まさに夢のような気分を味わっていると、ギルバートが不意にクスッと笑った。

「あの年のホリデーから毎年招待状を出していたけれど、ウェントワース伯爵から丁重に断られて、これでも傷ついてたんだ」

「毎年、ですか？」

「あぁ、去年までめげずに送り続けていたよ。だがウェントワース伯爵は、家業も継がずに芸術活動にのめり込んでいる僕はお気に召さないようだ」

「ごめんなさい……」

あれからずいぶん経ったというのに、招待状を毎年欠かさず送ってくれていたなんて。なのにただの一度も招待に応じなかった父の頑固さが申し訳なくて、クリスティーナは小さくなって謝罪した。

「クリスティーナを責めている訳じゃないよ。結果的にこうして二人きりで会えたしね」

「ギルバート様……」

おずおずと見上げてみれば、ギルバートは蕩けそうな瞳で微笑んでくれる。

それだけで胸の奥から甘酸っぱい感情が湧き上がってきたが、それを必死で堪えた。

そうでもしないと、気持ちが一気にギルバートに向かってしまいそうで。

(やっぱり私はギルバート様のことが好き、なんだわ)

あの頃はしばらく経ってから初恋だと自覚したが、こうして改めて再会を果たした今、またギルバートに惹かれそうになっている自分に気づき、慌てて首を横に振る。

「どうかした？」

「い、いいえ。なんでもありません」

思わず態度に出してしまったことを恥じつつ真っ赤になって俯くと、ギルバートはクスッと笑いつつも、腰を引いてさらに密着してくる。

（こんなに近くにギルバート様がいるなんて……）

このままではドキドキする鼓動が伝わってしまうのではないかと心配になり、またこっそりとギルバートを見上げてみるが、彼は平然としていた。

そのことにホッとして、おとなしくエスコートされていく。

そして密着していることにも慣れてくると、今度はギルバートへの想いが胸の奥から溢れ出てくるようで、クリスティーナは戸惑いに瞳を揺らす。

マーヴィンのことを第一に考えなければいけないのに、心が裏切ってギルバートをどうしても意識してしまう。

マーヴィンには悪いが、幼い頃から想い続けてきた気持ちは伊達《だて》ではなく、こうして二人きりで寄り添って歩いているだけで、溢れる想いを抑えきれない。

そんなことを思っているうちに、ギルバートは数ある部屋のひとつの前で立ち止まる。

「この部屋にクリスティーナ・シリーズが飾ってあるんだ」

そう言いながら扉を開き、誘われるまま中へ足を踏み入れたクリスティーナは、部屋のいたる所に飾られている人形を前にして息をのむ。

「これは……」

どのビスク・ドールもドレスは違えど、サラサラのハニーブロンドにサファイアブルーの瞳をしていて、小さいながらもどれも同じように愛らしく、美しい顔立ちをしている。

「素晴らしいだろう？」

「は、はい。入手困難なシリーズをこれほど所有しているなんて驚きました」

人形の美しさもさることながら、女友達が欲しがっていたビスク・ドールを、これほどたくさんコレクションしていることのほうに驚いてしまった。

どれも同じ髪色に同じ瞳をして、まったく同じ顔をしているから、クリスティーナ・シリーズと呼ぶのだろうか？

「エリザベート夫人のコレクションですか？　それともアリスンの物なのでしょうか？」

「ここに飾ってあるクリスティーナ・シリーズは、ぜんぶ僕の物だよ」

「ギルバート様の？　どうやったらこんなにたくさん集められるのでしょう？」

なかなか市場に出回らないビスク・ドールを、部屋中に飾るほど集められるなんて、いったいどんな魔法を使ったというのだろう？

単純に不思議で首を傾げるが、ギルバートは笑みを浮かべるだけだった。

「僕が大量のビスク・ドールをコレクションしているのは、この人形たちが、とりわけクリスティーナにそっくりだからだよ」

「え……」

「さぁ、抱いてみて」

近くにあったビスク・ドールを手渡されて、思わず受け取った。

しかしまじまじと凝視めても、自分がこの愛らしい人形とそっくりだとは思えない。

「私とそっくりだなんて。人形のほうが可愛いです」

「そんなことはないよ。ほら、こちらに来てごらん」

姿見の前まで連れて行かれ、そこに映る自分と人形を見比べると、髪の色と瞳の色が同じということもあり、似ていると言われたら確かにそうなのかもしれない。

しかしやはりここまで愛らしくはないと思うのに、ギルバートは満足げに微笑みながら、背後から両肩に手をかけてくる。

「ほら、そっくりじゃないか。この人形もようやく本物《オリジナル》のクリスティーナに抱かれて、とても喜んでいる」

「……私が人形たちにとって本物になるのですか？」

「もちろん」

喩《たと》えがおかしくて、プッと噴き出しながら鏡の中のギルバートを見上げるが、彼は真剣な瞳をしている。

冗談で言ったのかと思ったのに、なんだか彼が本気で言っているように感じられて、クリスティーナは笑うのをやめ、鏡の中のギルバートを改めて凝視める。

ギルバートが人形を抱く自分を見て、どこかうっとりとしているように見えるのは、ク

リスティーナの気のせいだろうか？

なんだか彼を少しだけ遠い存在に感じてしまい、しかしそんなふうに思う自分を否定しつつ、違う会話を探した。

「あ、あの……ところでまだ絵は描かれているのですか？」

「今は絵画は本格的にやってはいないんだ」

「では、どんな芸術活動をされているのですか？」

また絵を見せてもらいたいと思ったのに、意外な答えに首を傾げる。

てっきり絵画を極めているのだとばかり思い込んでいたが、だとしたら今はどんな活動をしているのだろう？

ジッと凝視めて答えを待っていても、ギルバートはただ微笑むだけだ。

「ギルバート様？　あの……」

「どんな活動をしているか、そのうちきちんと教えるよ。ただし、クリスティーナがモデルになってくれるならね？」

昔の約束を持ち出すギルバートを見上げ、クリスティーナもにっこりと微笑んだ。

「私がモデルでもいいのですか？」

「クリスティーナだからいいんだ。僕のモデルになってくれるね？」

「私で良ければ喜んで」

社交辞令だと思い、しっかりと応えて微笑むと、ギルバートも嬉しそうに微笑み、そのまま頬にそっとキスをしてくる。

まるで羽根のように軽く触れるだけのキスではあったが、いきなりのことに驚いてしまい、頬がみるみるうちに染まった。

見上げれば彼は蕩けそうな笑みを浮かべ、クリスティーナのおでこにもキスをしてきた。

「愛している、クリスティーナ。出会った時からずっと」

「ギルバート様？」

頬を優しく包み込まれて囁《ささや》かれても、冗談を言われているようにしか聞こえず、クリスティーナはクスクス笑った。

「まいったな、本気で言っているんだけど……」

「え……」

そこでハッと我に返り、クリスティーナはギルバートの腕の中から慌てて逃れた。

「いけません。まだどちらと結婚するのか決まっていないのに、不謹慎です」

「僕に決めてくれないの？　出会った時から気持ちは同じだと思っていたのに」

「……あの頃と今は違います」

「なるほどね、確かに昔と今ではぜんぜん違うからね。ならば僕もクリスティーナが振り向いてくれるように頑張るよ」

微笑みながら宣言をされて、クリスティーナは今さらになって身体を捩り、ギルバートの手が届かない場所まで離れた。

ウェントワース伯爵家を存続させる為には、マーヴィンでなければいけないのだ。マーヴィンとまだ二人きりで話していないのに、ギルバートに頬やおでこにキスをされてうっとりしているなんて、以ての外だと自分に言い聞かせる。

(それにしても絵画をやめていたなんて思わなかったわ)

絵画を中心に活動していないのなら、女友達が言っていたように、絵画で名を上げていない理由はわかった。

今はいったいどんな活動をしているのか気になったが、そのうちに教えてくれるだろう。

「さて、着いた早々いろいろあったし、そろそろ疲れただろう。これからクリスティーナが過ごす部屋に案内するよ」

「ありがとうございます」

抱いている人形を渡すと、ギルバートは丁寧に元の場所に置き、ごく自然とクリスティーナの腰を抱いて、ビスク・ドールのある部屋を出る。

腰を抱かれるのも意識してしまったが、気にしているうちに部屋へと案内された。

「さぁ、ここが今日からクリスティーナが暮らす部屋だよ」

「素敵……こんなに陽当たりのいい部屋を用意してくださるなんて。それに家具も壁紙もシャンデリアも、とても可愛らしくて気に入りました」

「母とアリスンにそう伝えておこう。荷物はメイドたちが片付けたから、あとはディナーまでのんびりするといい」

白地に小花柄の壁紙と、白で統一されたアールデコの家具がとても可愛らしく、エリザベート夫人とアリスンが心を砕いて用意してくれたのがよくわかる。

「歓迎の晩餐のエスコートにはマーヴィンが来ると言っていたが、僕がいい？」

「ルーカス様から公平に接するように言われましたので」

「残念。僕がすべてエスコートしたいのに」

おどけて言うギルバートに苦笑を浮かべると、不意に腰を引き寄せられる。

いきなりの急接近に驚いてギルバートを見上げているうちに、おでこにキスをされた。

「昔から愛している。どうか僕を選んでくれると嬉しい」

「ギルバート様……」

見上げてみれば、ギルバートは蕩けそうな笑みを浮かべてまたおでこにキスをしてくる。

それがくすぐったくて思わず目を閉じているうちに、ギルバートはクスクス笑いながら頬を優しく撫でてくる。

目をそっと開いて改めてギルバートを見上げると、彼はふと微笑んで、最後にまた頬にキスをして、部屋から出ていった。

（ギルバート様……）

思わず口の中で呟きつつ、最後に触れられた頬を包み込んだクリスティーナは、ほぅ、と甘い息をついた。

とっくの昔に忘れ去られていると思っていたのに、覚えていてくれたどころか出会った時からずっと愛してくれていたなんて。

そう思うだけでギルバートをどうしても意識してしまう自分がいて、包み込んでいる頬が熱くなってくるのがわかる。

（ルーカス様には公平にと言われたけれど、そんなの無理だわ）

ほんの少し話しただけで、もうこんなにもギルバートが恋しい。

それに彼に想われていると思うだけで、ドキドキする胸も甘く蕩けてしまいそうだ。

（けれど私はマーヴィン様とおつき合いをしなくてはいけないのよ）

それを思うと浮かれている場合ではないと、クリスティーナは顔を引き締めて天井まである窓へと近づいた。

夕陽でオレンジ色に染まる庭はとても美しく、なんだか少しせつない気持ちになる。

（マーヴィン様を選ばなければいけないのよ、ね……）

ギルバートが自分を愛してくれているのを知った今、とても満たされた気分になり、他はなにも考えられなくなりそうだ。

それでも心を落ち着かせ、マーヴィンとも良好な関係を築かなければと真剣に考える。

(大丈夫、きっとお二人の長所を見極めて、ウェントワース伯爵家に相応しい旦那様を見つけることができるわ)

自分にそう言い聞かせたクリスティーナはしっかりと頷き、窓辺から離れて奥の扉を開き、クリーム色で統一されている落ち着いた寝室と、ローズピンクを基調としたバスルームを見て、とても嬉しくなった。

なぜなら各部屋に、クリスティーナを歓迎する薫り高い薔薇が飾られていたからだ。

(ここまで歓迎してくださっているのだもの。私もそれに応えないと)

自分を花嫁にする為に、ここまでしてくれているのだ。

それを思えばギルバートに愛を囁かれて浮かれているだけではなく、マーヴィンとの交際も真剣に考えなければ。

しかし理性ではそう思っても、ギルバートの顔がちらついてしまい、彼を想うだけで胸が甘く蕩けてしまいそうになる。

(まだ初日なのに私ったら……)

もう既にギルバートへ心が傾いていることを反省しつつリビングへと戻り、ソファに座ってホッと息をつく。

天井に飾られているクリスタルのシャンデリアが、夕陽を浴びてキラキラと輝いている。

それを見るともなしに見て、香港へ旅立った両親を思う。

（お父様もお母様も無事に航海されているかしら……）

きっと両親もクリスティーナが、オルコック伯爵家で無事に暮らしているか心配しているることだろう。

先代の夫妻が屋敷にいないことを知ったら、父ならばきっと、慌ててクリスティーナを屋敷に引き戻させるだろう。

しかし両親がいない今、束の間の自由を得て、マーヴィンだけでなくギルバートのことも考えられる。

それを思うと両親が香港へ旅立っていて良かったと思う。

（そんなふうに考えたら不謹慎かしら？）

父の慌てた顔を思い浮かべ、クリスティーナは少しだけ悪戯《いたずら》っぽく笑った。

自宅を離れる時はあんなに緊張していたのに、今はもう自然に振る舞うことができる。

それもきっとオルコック伯爵家の人々が、クリスティーナが寂しくないようにと心を砕いてくれているおかげだろう。

そう思うとオルコック伯爵家へ来て良かったと心から思い、これからの生活がとても楽しみになってきたクリスティーナだった。

◇第二章　一途な想い◇

午後の陽が柔らかく射し込むテラスルームで、ガラス越しの庭をゆったりと眺めながら、ウェッジウッドのワイルドストロベリーシリーズのティーカップを傾けたクリスティーナは、ほんのりと薔薇に似た香りがするディンブラを口にして、ほぅ、とため息をつく。

「これでいいかしら」

オルコック伯爵家へ来てそろそろ一週間が経ったこともあり、香港へ旅立った両親へ向けて、オルコック伯爵家での快適な暮らしと、マーヴィンとの間に良好な関係を築けていることを綴った手紙を書き終えたばかりだ。

朝食を終えたら仕事へ出かけてしまうマーヴィンだが、夕方に帰ってくる度《たび》に甘いお菓子や花束を必ず贈ってくれるのだ。

その度に彼の優しさに触れることができ、クリスティーナはマーヴィンのことも好ましく思い始めていた。

しかしそれが愛を含んだ『好き』かというとそれにはまだ遠く、親愛の意味を込めた『好き』ではあるが、マーヴィンのことを良く書いている手紙を読めば、両親もきっと安心すると思うのだ。

（ギルバート様のことは書かなくて良かったのよ、ね……？）

手紙にはマーヴィンだけがクリスティーナに良くしてくれているように書いてしまったが、なにも彼だけでなくギルバートも心を砕いてくれている。

平日も屋敷にいるギルバートは、クリスティーナが一人で過ごしていると、どこからともなくやって来て、一緒に庭を散歩したり、話し相手になってくれたりしている。

しかし紳士なマーヴィンに対して、ギルバートは二人きりでいると頬に触れてきたり優しいキスをしてきたりするので、その度にクリスティーナは心を乱されていた。

（もう昔と今とでは違うと言ったのに……）

二人きりでいるとギルバートは、身体のどこかがクリスティーナに触れていなければ生きていけないとばかりに密着してくる。

なるべく避けるようにはしているが、気がつくとギルバートに手を取られて、指先にキスをされてしまうのだ。

昔のことは忘れるようにしてギルバートと接しているつもりでいても、そういうことをされると胸の奥から甘い感情が湧き上がってしまい、その度にクリスティーナは彼に傾きそうになる気持ちを必死で抑えていた。

（マーヴィン様を優先しているつもりでいるけれど、このままじゃギルバート様のペースに巻き込まれてしまうわ）

マーヴィンとの時間をより大切にして、食事の席でも団欒《だんらん》の席でもマーヴィンとの会話に重点を置いてはいる。

そういう時はギルバートも無理やり間に入ってくるようなことはないが、二人きりになると、途端に積極的になってスキンシップを求めてくるのだ。

なんだかみんなに隠れて親密になっていくような気がして、マーヴィンに申し訳ない気分になる。

（マーヴィン様をパートナーにするつもりなのに……）

このままでは知らないうちにギルバートの手管に堕ちてしまいそうで、そんな自分が少し恐かった。

「大丈夫よ、お父様の言いつけは絶対だもの。きっと私はマーヴィン様と……」

純白のウェディングドレスを着た自分を想像するが、その隣に立つマーヴィンを想像できず、代わりにギルバートが微笑んでいる姿を想像してしまったクリスティーナは、慌てて首を横に振った。

「私ったら……どうかしているわ」

ウェントワース伯爵家の存続の為に、自分はマーヴィンと結婚しなければならないのに、よりにもよってギルバートを想像してしまうなんて。

自分では気づいていないが、そんなに彼を意識しているのだろうか？

「そんな筈はないのに……」

「なにが違うの？」

「……っ！　ギルバート様……」

背後からいきなり声をかけられたことにびっくりして慌てて振り向いてみれば、そこにはギルバートが立っていた。

「手紙を書いていたの？」

「はい、両親を安心させようと思って……」

「ふ〜ん、僕のことは書いてくれないんだね」

「あっ……読まないでください」

背後から覗き込まれたかと思うと耳許で不服そうな声をあげられて、クリスティーナは慌てて便箋《びんせん》を手で隠した。

「ごめんごめん。そんなにじっくり読んでないよ。もう書けたならヘクターを呼ぼうか？」

「はい、よろしくお願いします」

　ごく普通に話しかけられたのでそこまで心配はないが、ギルバートとできるだけ二人きりにならない為にも素直に頷くと、彼はヘクターを呼んでくれた。

「ヘクター、この手紙を香港のシャングリラホテルへ送ってくれ」

「かしこまりました」

　手紙を銀のトレーに載せて、恭《うやうや》しくお辞儀をしたヘクターが去るのを待って、クリスティーナはギルバートを見上げた。

「……両親が滞在するホテルをご存じなのですか？」

「商談に行くイギリス人が必ず宿泊する一流ホテルだからね」

　当然のことのように言うギルバートが意外で、クリスティーナは目を見開いた。

　確かに両親はシャングリラホテルに滞在する予定だが、芸術活動に没頭しているギルバートが、そんな異国のホテル事情まで知っているなんて思いもしなかった。

「どうかした？」

「香港のことをよくご存じなのですね……」

「意外だった？　これでも一応パブリックスクールを首席で卒業したしね。芸術活動にばかりうつつを抜かしている訳ではないんだよ」

「ごめんなさい……」

　意外に思っていたのを見透かされた気分になり、クリスティーナは小さくなって謝った。

しかしギルバートは特に気分を害したふうでもなく、にっこりと微笑む。

「それより今日は天気がいい。庭を散歩しよう」

「せっかくのお誘いですが……ギルバート様とばかり一緒に過ごすのは……」

「そんなことを言わないでおいでよ」

「あっ……ギルバート様っ！」

強引に席から立たされてしまい、テラスルームにある庭へ直接出られる扉から連れ出されてしまった。

「ギルバート様っ、待って！　待ってください」

「いいから黙っておいで。懐かしい場所に連れて行ってあげるから」

「懐かしい場所？　それってもしかして……」

最初は抵抗をしていたクリスティーナだったが、水の流れる音が聞こえてきて抵抗するのをやめた。

その間にもギルバートは手首を摑んで、先へと進んでいく。

歩を進めるごとに薔薇の香りが濃密になり、懐かしい小径を進んでいくと、急に開けた薔薇園に辿り着き、昔遊んだ噴水が今も水を噴き上げていた。

「まだあったのですね……」

「もちろん。僕のお気に入りの場所だし、僕らが出会った特別な場所だからね。懐かしいだろ。クリスティーナはここで眠っていたんだよ」

そう言いながら昔眠っていたという場所に誘われて、二人して芝生の上に座る。

「ここでクリスティーナを見つけた時、まさに天使のようだと思って、描かずにはいられなかったんだ」

「ギルバート様……」

「そしてティールームで再会した時、あまりの美しさに息が止まるかと思った」

昔のことを持ち出されるのがなんだか照れくさくなって、上目遣いで見上げると、ギルバートはクスッと笑った。

そして甘く囁きながらクリスティーナの頬を、大きな手がそっと包み込んでくる。

「再会した時に自覚した。僕は今も昔もクリスティーナをずっと愛していたんだってね」

「それは……聞かなかったことにします」

「それはどうして？」

「……父からマーヴィン様と添い遂げるように言いつかっています。ですからギルバート様を選ぶことはできません」

ジッと凝視めながらの追及に耐えきれず、とうとう本当のことを口にすると、彼は皮肉げにふと笑った。

「そんなもの。親の言うとおりの人生を送るのが、クリスティーナにとっての幸せとは思えないな」

「ですが父の言いつけは絶対です。どうか私のことは諦めてください……」

「僕の目を見て、今の言葉をもう一度言える？」

「それは……」

ギルバートの視線を痛いほどに感じて、クリスティーナは俯いた。

目を凝視めながら自分の口で、ギルバートに心はないと、どうしても言えなかった。

できれば自分からではなく、ギルバートのほうから諦めてほしいと思っている。

そんなのは狡《ずる》いとわかっているが、自分から振ることなどできない。

それほどまでに彼を意識している自分がいて、クリスティーナは首を横に振った。

なにしろギルバートに初恋をしてから、ずっと想い続けてきたのだ。

なのにマーヴィンを選ばなければいけない運命にあるのに、もうこれ以上、心を乱さないでほしい。

「お願いです……どうか私を嫌ってください」

「愛しているのに、そんなことができる訳がない」

「ならばどうしたら諦めてくれるのですか……？」

涙目でギルバートを見上げると、彼もとても苦しそうな表情を浮かべている。

そしてまた頬を包み込んできて、そっと撫でてくる。

その仕草が優しくて、なんだか泣けてきそうになったが、それを堪えて凝視めていると、彼は決意したように真面目な顔をした。

「ならば今週中に、マーヴィンとの婚約に踏み切ればいい。もしもそれができたなら、僕はもう二度とクリスティーナの前には姿を現さない」

「今週中に……」

「そうだ、今週中だ。両親の言いつけを守るつもりなら、簡単なことだろう？」

ギルバートが言うとおり、両親の本命はマーヴィンなのだから、早々に決めることができるだろう。

しかしまだこんなにもギルバートに心が残っているのに、果たして自分はマーヴィンを受け容れることができるだろうか？

もちろんウェントワース伯爵家の存続を思えば、心を殺してでもマーヴィンと婚約しなければならないのはわかっている。

なのにどうしてこんなに抵抗感があるのだろう？

「マーヴィンとの婚約が決まった時点で、僕はクリスティーナを諦める。ただし、期限内にそれができなくても、僕はこの家を出ていく」

「そんな……！」

「クリスティーナが僕を受け容れるなら、この家に残るけれど……僕は本気だよ」

しっかりと目を見て宣言したかと思うと、ギルバートはその場から去っていった。

その後ろ姿を呆然と見送り、ギルバートの姿が見えなくなると、クリスティーナは地面に両手をついて、小刻みに震えた。

（私が決断しなければ、オルコック伯爵家が大変なことになるんだわ……）

ことの重大さに押し潰されそうになり、どうしても震えが止まらず、クリスティーナは芝生を握りしめる。

ギルバートがどこかへ去ってしまう前に、マーヴィンとの婚約を決めなければならない。

しかしそれができない時は——。

（……私はギルバート様のものになるしかない、の……？）

ギルバートはクリスティーナが受け容れるなら、この家に残ると言っていた。

マーヴィンとの婚約が成立しなかったら、きっと自分はギルバートの強引で甘美な手管に抗えない気がする。

『親の言うとおりの人生を送るのが、クリスティーナにとっての幸せとは思えないな』

ギルバートの言葉が、心の中にまるで甘い毒《どく》を流し込むように染み渡っていく。

もしもギルバートと結婚ができたら、自分はどんなに幸せだろう。

そうは思うものの父の顔がちらついて、クリスティーナはしばらくの間その場から動くことができずに、強い風に吹かれていた。

◇◇◇

「クリスティーナ、ルーカスとマーヴィンが帰ってきたわ。一緒に出迎えましょう？」

「え……？」

「もう、クリスティーナったら。ここのところボーッとして変よ？」

「ごめんなさい。ちょっと考え事があって……」

少し強い口調で言いながらも、心配げなアリスンに苦笑を浮かべ、クリスティーナは彼女と一緒に玄関ホールへと向かった。

ギルバートに宣言をされてから、自分からマーヴィンへ婚約の申し出をすることができずに、とうとう金曜日になってしまった。

クリスティーナなりに努力をして、なんとかマーヴィンにアプローチをしようとはしていたが、いい雰囲気になってもギルバートの顔が思い浮かんでしまい、なかなか告白することができないでいた。

そんなことではだめだと自分を叱咤激励するが、もともと奥手のクリスティーナから告白をするのは、とても難しいことだった。

（このままではいけないってわかってるのに……）

マーヴィンを前にすると思考がストップしてしまい、しどろもどろになってしまう自分が歯痒い。

ギルバートは特に口出ししてこないが、そんなクリスティーナを見て、彼は少し勝ち誇った顔で凝視めてくる。

その視線が少し癪に障ったが、今日こそはマーヴィンといい雰囲気になって、婚約を取りつけなければ。

「私で良かったら相談に乗るわよ？」

「どうもありがとう。けれど大丈夫よ」

「ならばいいけれど……」

アリスンはまだ心配げな顔で凝視めていたが、玄関ホールへ辿り着くと、鏡で身なりを整えるのに忙しくなった。

愛するルーカスに、少しでも良く見えるようにしたいのだろう。

そんなアリスンの無邪気さが羨ましくて、なんだか目に眩しいほどだった。

「さぁ、アリスン様。ルーカス様が到着されましたよ」

「わかったわ」

最後まで髪を気にしていたアリスンだったが、ヘクターの言葉に頷いて居住まいを正す。

そしてヘクターが両開きの扉を開くと、ちょうど車から降りてきた二人が玄関ホールへ入ってきた。

「おかえりなさい、ルーカス」

「あぁ、ただいま、アリスン。なにもなかったか？」

「えぇ、いつもどおりよ」

熱烈なキスをする二人を横目に、クリスティーナはマーヴィンに微笑んだ。

「おかえりなさいませ、マーヴィン様」

「ただいま、クリスティーナ。今夜はこれを受け取ってくれる？」

そう言いながら真っ白なカサブランカの花束を差し出され、その蕩けるような甘い香りに、クリスティーナはにっこりと微笑んだ。

「毎日どうもありがとうございます。とてもいい香りですね……」

受け取ったカサブランカの香りを胸いっぱいに吸い込んでから、マーヴィンを見上げると、とても嬉しそうに頭を撫でられた。

「そこまで喜んでくれると、贈り甲斐があるよ。けれど本当に好きな花はなに？」

「カサブランカも大好きですが、やはり一番は薔薇です」

「ならば明日はとっておきの薔薇をクリスティーナに贈るよ」

「ありがとうございます」

少し照れながらも、思いきってマーヴィンの肩に頭を預ける。

ドキドキしながらそっと凝視めてみれば、マーヴィンはとても驚いた顔をしていた。

しかし次の瞬間、嬉しそうにクリスティーナの肩を抱いてくる。

(あ……ギルバート様と同じくらいだわ……)

体格が似ているせいか、ついそんなことを思ってしまった瞬間、ギルバートの顔がちらついてしまい、クリスティーナは花束を持ち直す振りをしてマーヴィンから離れた。

それをマーヴィンが残念そうに凝視めているのがわかったが、敢えてそれに気づかない振りをしてしまった。

「お腹が空いたね。今晩のディナーはなにかな？」

「待ちに待った週末だから、シェフがローストビーフを準備していると聞いたわ」

「それは楽しみだ。さぁ、我々もダイニングルームへ急ごう」

マーヴィンの質問にアリスンが答え、ルーカスが全員を促して廊下を歩き出す。

その間、クリスティーナは花束の陰で、こっそりとため息をついた。

(今日も出迎えの時には言い出せなかったわ……)

しかしまだ今日は終わっていない。ディナーや食後の団欒で言うタイミングはある筈。

自分にそう言い聞かせている時、視線を感じて見上げれば、マーヴィンが物言いたげな表情でこちらを見ていた。

「なんですか？」

「うん、なんだか思い詰めた顔をしていたから、なにかあったのかと思って」

「ぁ……」

密かに気合いを入れていたのに顔に出ていたことが恥ずかしくて、クリスティーナは頬を染めて俯いた。

「もしかしてギルバートとなにかあった？」

「……どうしてギルバート様が関係あると思ったのですか？」

「う〜ん、どうしてかな？　クリスティーナに恋をしているからかな？」

「マーヴィン様……」

少し冗談めかして言うマーヴィンがおかしくて、クリスティーナもプッと噴き出した。

それになんだかいい雰囲気になってきた気がして、クリスティーナが思いきってマーヴィンに声をかけようとした時だった。

「やぁ、おかえり。ちょうどいいタイミングだったみたいだね」

「ギルバート様……」

クリスティーナにとっては最悪のタイミングで、階段から下りてきてにっこりと笑うギルバートに、なんだか悪意を感じてしまう。

思わず恨めしげな目つきで見上げると、得意げな顔で微笑まれた。

「なんで邪魔するのですか？」

「あの約束では、なにも邪魔をしないとは言ってないよ」

「……やっぱり邪魔をしたのですね？」

「さぁ、どうかな？」

揚げ足を取るギルバートを睨みつけるが、彼は平然とした顔で腰を抱いてくる。

「なにをコソコソとおしゃべりしているの？」

「それは僕らの秘密。ね、クリスティーナ？」

「そんなの知りません」

ぷい、と横を向いて口唇を尖らせた途端、ギルバートにクスクス笑われてしまい、ますます悔しい気分になる。

そこで視線を感じて振り返ると、マーヴィンが寂しげな表情で微笑んでいて、肩を竦められてしまった。

「ぁ……」

今のやり取りは、きっとマーヴィンにはギルバートとクリスティーナが、とても親密そうに見えたのだ。

しかも今はギルバートが、当たり前のように腰を抱いている。

こんな調子でアプローチをしても、不実な女に見えるだけではないだろうか？

それどころか心から気持ちを伝えても、冗談としか受け取られないかもしれない。

（今日中に伝えなければいけないのに……）

行動に移したいのに気持ちだけが逸るばかりで、ちっとも成果を得られない。

このままマーヴィンに気持ちを伝えられずにいたら、ギルバートに本気を出される。

そうしたら奥手な自分など、いくら抵抗をしても、あっという間にギルバートの手に堕ちてしまうに違いない。

（だめよ、このままではお父様に怒られてしまうわ）

滅多に怒らない父ではあるが、ギルバートを連れ帰ったとしたら、きっと火を噴く勢いで怒るに違いない。

それを想像するだけでも恐ろしく、クリスティーナは気持ちを入れ替えた。

「さぁ、僕の隣へ」

「いいえ、今日はマーヴィン様の隣で食事をします。マーヴィン様、よろしいですか？」

「あ、あぁ、もちろん。喜んでエスコートさせてもらうよ」

「ありがとうございます」

マーヴィンに椅子を引いてもらって席に着き、それからクリスティーナはマーヴィンとおしゃべりをしながら食事を取った。

その間、ギルバートがこちらをジッと凝視めているのがわかったが、それを敢えて無視をして、終始マーヴィンとの会話を楽しんだのだった。

◇◇◇

「今夜はとても楽しかったよ」

「はい、私もです」

「それじゃ、また明日」

「あ……マーヴィン様、あの……」

背中を向けたマーヴィンを呼び止めたが、振り返った彼を見ただけで、口がまるで凍りついてしまったように強《こわ》ばった。

「なに、クリスティーナ？」

「……いいえ、なんでもありません。あの、お休みなさい」

「あぁ、お休み」

夜更けまで食後の団欒を過ごし、マーヴィンに部屋まで送り届けてもらったクリスティーナは、ソファへ座ると重いため息をついた。

（けっきょく週末までに婚約を取りつけられなかったわ……）

時計の針が午前零時を過ぎているのを見て、自分がギルバートとの約束に負けたことを知り、クリスティーナは絶望的な気分に陥る。

時間は過ぎていたが最後の最後でチャンスがあったのに、なんで言えなかったのだろう。それにディナーの時もマーヴィンと会話が弾《はず》み、食後の団欒でもいい雰囲気だったのに、なにも言い出せなかった。

(ギルバート様があんな目で凝視めているからいけないんだわ)

ディナーの時も食後の団欒でも、ギルバートはなにを話しかけてくる訳ではなかったが、その代わりにクリスティーナだけをジッと凝視めていたのだ。

その視線が気になってギルバートを見上げると、思わせぶりなウィンクをしてきて——。

(他の人が見たら、二人だけの秘密があるように見えていたかもしれないわ)

ギルバートはきっと、わざとそういうふうに仕向けていたのだろう。

奥手な自分より一枚も二枚も上手のギルバートと、対等に渡り合おうというのが、そもそも間違っているような気もしてきた。

しかしあの時、真面目な顔でマーヴィンを選んだらこの屋敷から去ると断言していたギルバートのことを思うと、このままで良かった気もしてくる。

なにもクリスティーナだって、本気でギルバートを嫌っている訳ではないのだ。

むしろ昔から恋をしていて、ずっと会いたいと思っていたくらい、一途に想っていた。

そして再会してみれば甘い言葉とスキンシップでクリスティーナを翻弄《ほんろう》し、心を掻き乱されてばかりだった。

けれどそれを本気でいやだと思ったことはなく、あの大きな手に頬を包み込まれて柔らかなキスをされる度に、心の奥から甘酸っぱい感情が込み上げてくるばかりだった。

(ウェントワース伯爵家の為に生きなければいけないのに……)

マーヴィンではなくギルバートを選べたら、どんなにいいだろう。

せめてギルバートが家業を手伝っていれば、なんの迷いもなく選べたのに。

(私の我が儘よね。ギルバート様は真剣に、芸術活動に勤しんでいるのだもの)

これはかりは仕方がないとため息をつき、このまま寝てしまおうと思った時だった。

不意に扉をノックする音が聞こえて、クリスティーナは驚いてびくっと身を竦めた。

恐る恐る扉を開くと、そこには予想どおりギルバートの姿があった。

「入ってもいいか？」

「……変なことをしませんか？」

「誓ってしないと約束しよう」

言質を取ったことで扉を大きく開き、クリスティーナはギルバートを部屋へ招き入れた。

すると彼は当たり前のように、クリスティーナが座ったソファの隣に腰を下ろす。

「なんで向かいに座らないのですか？」

「別にいいだろう。それより、マーヴィンと婚約を取りつけることはできた？」

「それは、その……」

いきなり本題に入られてしまい、クリスティーナは悄然《しょうぜん》と俯いた。

するとそれを見たギルバートはクスッと笑い、クリスティーナの頭を撫でてくる。

「そんなにがっかりすることはない。ところで僕はこのまま家を出なければいけない？」

「あ……」

マーヴィンとの婚約が成立しなかった時、ギルバートは家を出ると言っていたのだ。

しかしクリスティーナがギルバートを受け容れたら、そのまま家に残るとも言っていた。

「今ここで答えを出してほしい。もしも断るのならこのまま出ていくつもりだから」

「今すぐです、か……？」

「あぁ、明日の朝にはいないと思ってくれ」

「そんな……」

今すぐに返事をしなければギルバートが去ってしまうなんて思ってもみなくて、クリスティーナは思わず縋るような瞳で彼を見上げた。

せっかく再会できたのに、ここで彼を振ることでもう二度と会えなくなったらと思っただけで、途端に悲しい気分になる。

マーヴィンとの婚約を取りつけようと必死になっている間、ギルバートと張り合いつつも楽しい時間を過ごしたことを思えば余計に寂しい気分になってきて、クリスティーナは思わず彼の服を摑んだ。

それを見たギルバートはクスッと笑い、クリスティーナの頬を包み込んでくる。

「それで引き留めているつもり？　その程度の力じゃ僕は消えてしまうよ」

「いや……」

「聞こえないよ、もっときちんと声にして」

「……いや。行かないで……」

躊躇《ちゅうちょ》したものの俯きながら声に出し、さらに服をギュッと摑むと、ギルバートはふと微笑んでおでこをくっつけてくる。

「愛している、クリスティーナ。どうかマーヴィンではなく僕を永遠の伴侶にしてほしい」

「ギルバート様……」

頬を覆っていた手が肩へと滑り、そのまま手を絡《から》められて指先にキスをされ、クリスティーナは心が甘く蕩けそうになった。

思わずギルバートを見上げると、彼もまたクリスティーナをジッと凝視めていて、また指先にそっとキスをしてくる。

本来なら彼を選んではいけないのに、それをどうしても振り払えない自分がいる。

それに凝視め合うだけで愛情が伝わってくるようで、心が一気に傾いていくのがわかる。

（私もやっぱりギルバート様が好き。好き、なんだわ……）

理性ではギルバートを突き放さなければいけないと思うのに、一度そう自覚してしまうと、もうだめだった。

ギルバートを愛しているのだという想いが心の中から溢れ出してしまい、目の前にいる彼を見る目つきまで変わっていく。

「愛している。クリスティーナは？」

「……私も、私も愛しています……出会った時からずっと……」

本当の気持ちを口にした途端、涙がほろりと頬を伝っていった。

それをギルバートは口唇で吸い取ってくれて、そのまま頬にもチュッとキスをする。

優しいキスに心が蕩けていくようで、クリスティーナはごく自然と目を閉じた。

その途端に口唇に誓うようなキスをされて思わずびくっとしたが、口唇はすぐに離れていき、代わりに優しく頬を包み込まれる。

「僕を選んでくれてありがとう。生涯を懸けて大切にすると誓うよ」

「ギルバート様……」

まるで気の早いプロポーズを受けているような気分になり、クリスティーナはクスッと笑いながらも、ギルバートの胸に身体を預けた。

すると彼はクリスティーナを包み込んでくれて、それだけで幸せな気分になれた。

両親の言いつけに生まれて初めて背くことになるが、気持ちが昂《たかぶ》っている今はそれでもいいと思え、クリスティーナはギルバートの胸にいつまでも寄り添っていたのだった。

◇◇◇

うららかな午後の陽が射し込むテラスルームで、アリスンとロー・ティーを楽しみながら、クリスティーナは華やかな香りがするギャルをひと口飲んで、ほう、とため息をつく。

その様子を見ていたアリスンがクスクス笑っているのに気づき、クリスティーナは首を傾げつつ彼女を凝視める。

「うふふ、まさに恋する乙女の顔ね」

「いやだ、アリスンったら。からかわないで」

アリスンを恨みがましい目つきで見上げ、ティーカップをテーブルに置いたクリスティーナは、代わりに可愛らしいケーキをひとつ口にする。

最初は緊張もあって食も細かったクリスティーナだったが、オルコック伯爵家に来てそろそろ三週間が経ち、今ではすっかりロー・ティーで自ら進んでケーキを選び、遠慮なく食べられるほど寛ぐことができている。

それもひとえにアリスンが気さくに接してくれているおかげだ。

仕事へ出かけるルーカスとマーヴィンをアリスンと一緒に見送ってから、音楽家を呼んで音楽鑑賞をしたり、フランス刺繍をしたり、時にはお菓子作りをしたりして、二人が帰ってくるまでの時間を過ごしてくれているのだ。

おかげでアリスンとは昔からの友人のように仲が良くなり、いい関係を築けている。

「ねぇ、アリスン」

「なにかしら？」

「ギルバート様は朝食が終わってから、いったいどこで芸術活動をされているの？」

首を傾げて訊いてみるが、アリスンは困ったように微笑むだけだった。

朝食は三兄弟とアリスン、そしてクリスティーナが揃ったところで始まり、フル・ブレックファーストを食べている。

そして食事が終わるとすぐにルーカスとマーヴィンは仕事へ出かけ、それを見送っている間に、ギルバートはどこかへ消えてしまうのだ。

もちろんギルバートもただ無為な時間を過ごしている訳ではなく、きっと芸術活動に勤しんでいるのだとは思うが、屋敷の中に気配がないのが不思議だった。

「ギルバートからなにか聞いていないの？」

「ええ、まだどんな芸術活動をしているのか教えてもらってないの」

「ならば私の口からは答えられないわ。ごめんなさい」

謝られてしまっては、それ以上は追及することもできず、引き下がるしかない。

仕方なくまたティーカップに口をつけると、アリスンがにっこりと微笑む。

「待っていればきっとそのうちに教えてくれると思うわ」

「そうね、モデルになる約束もしているし、いつか工房に呼んでくださるわよね」

アリスンに頷きつつ自分にもそう言い聞かせ、クリスティーナはガラス越しに咲く薔薇を見るともなしに見て、この三週間を思い返す。

最初の一週間はオルコック伯爵家に馴染むことに必死で緊張していたが、ようやく慣れてきたと思った二週目に入って、マーヴィンとの婚約を取りつけなければいけなくなり、自分なりに頑張ったものの、けっきょく上手くいかずにギルバートを選んだ。

そのこと自体は今も後悔していないし、幼い頃から好きだったギルバートに愛を囁かれ、この一週間はとても充実した日々を過ごした。

しかしまだマーヴィンにはギルバートを選んだことを告げていないこともあり、未だに毎日の見送りと出迎えは続いている。

もちろん毎日のプレゼントも続いており、せっかくのプレゼントなので受け取っているが、そろそろ断らなければいけないと思っていた。

(今夜こそはっきりと言わないと)

このまま優柔不断な態度を取っていたらマーヴィンに悪いし、今夜こそ勇気を出して言おうと心に決める。

きっと優しいマーヴィンなら、クリスティーナの気持ちを理解してくれる筈だ。

もちろんギルバートを選んだことに対してマーヴィンには悪いと思っているが、彼となら恋愛でなくても良好な関係が築けると思う。

しかしギルバートのことは、ただの関係ではいられないほど愛しているのだ。

愛を囁かれながら優しいキスをされる度に、心が蕩けるほどの悦びを感じてしまい、ギルバートのことしか考えられなくなる。

「うふふ、やっぱり恋をしているクリスティーナはとても綺麗だわ」

「アリスン」

「本当はもう心に決めているのでしょう？　誰にも言わないから教えて」

「……誰にも言わない？」

「約束するわ」

興味津々といった様子で顔を近づけられて、クリスティーナは困惑しつつも、小さな声でギルバートの名を口にした。

おずおずと見上げてみれば、アリスンはとても穏やかな笑みを浮かべている。

「やっぱりって思った？」

「いいえ、そんなことないわ。けれどクリスティーナがギルバートに恋をしてくれて本当に良かった。昔の思い出は大きいのね」

つくづくといった様子で呟くアリスンを見て、クリスティーナは少し照れながらも複雑な気分になった。

どうしてギルバートを選ぶことで、アリスンがそんなに嬉しそうなのか不思議なのだ。

それによく思い返せば、最初にルーカスと話した時も、ギルバートを推すようなことを言っていたし、マーヴィン以外のオルコック伯爵家の人々は、ギルバートとクリスティーナが結ばれることを望んでいるのだろうか？

「あの、気になったのだけれど……」

「なにかしら？」

「ルーカス様もアリスンも、私がマーヴィン様よりもギルバート様を選ぶほうが嬉しそうなのはどうして？」

ともすれば二人とも、ギルバートを後押ししているように見える。

もちろんマーヴィンの前であからさまにギルバートを推すような発言はしないものの、夫婦揃ってクリスティーナとギルバートの恋を応援しているような気がする。

「ギルバートは世間では変わり者扱いされているから……けれど、そんな噂なんて気にしないクリスティーナが恋をしてくれてるのが嬉しくて。迷惑だった？」

「迷惑だなんて……けれど、ギルバート様は私が相手でも本当にいいのかしら」

「もちろんいいに決まっているじゃない」

アリスンが断言してくれるが、素直に笑い返せない自分がいる。

出会った時から愛していると、ことあるごとに囁かれるが、世間知らずな自分のどこがそんなに気に入ったというのだろう？

昔は人形のようだとよく言われていたが、今の自分は人形とはほど遠い容姿をしているし、世間知らずな分、会話をしていても退屈ではないだろうか？

なにも知らないからこそ気に入ってくれているというのなら、それはそれで嬉しいが、ギルバートが自分を好いてくれる要素がいったいなんなのか、さっぱりわからない。

それにこのままギルバートとの恋が順調に育ったとしても、マーヴィンを支持している父が結婚を許してくれないだろう。

それを思うと今一歩踏み出すことができず、けっきょくギルバートの胸になにも考えずにとび込む勇気が出ない。

ギルバートのことは心から愛してはいる。しかし父やウェントワース伯爵家の存続を考えると、愛だけに走れず、そこで思考がストップしてしまうのだ。

「ギルバート様のことは愛しているわ。けれど私の肩にはウェントワース伯爵家の将来が懸かっているの。打算的だと思うでしょうけれど、愛だけでは選べないの」

もしかしたらアリスンに嫌われてしまうかもしれないが、自分の立場を素直に伝えると、アリスンも真面目に頷いてくれた。

「気持ちは充分わかるわ。私は兄がいたから実家の将来を担うことはなかったけれど、今後の発展の為に、ルーカスと結婚したから」

「アリスンも……？」

「ええ、けれどルーカスは私を心から愛してくれて、実家が欲しがっているコネクションになってくれたわ。だからギルバートもクリスティーナの家の為に動いてくれる筈よ」

ギルバートとマーヴィンを天秤にかけている自分がとても計算高い女のように思えていやだったが、アリスンの言葉が本当なら、ギルバートを愛してもいいのだろうか？

「もしも私がギルバート様を愛したら、ギルバート様が私の家の為に……？」

「ギルバートのことだから、将来を見越していると思うわ。それにマーヴィンはまだ他の女性が現れる可能性があるけれど、変わり者のギルバートにはクリスティーナだけなの」

だからアリスンもルーカスも、それに先代の夫妻も、ギルバートにも人並みの幸せを感じてもらいたいのだと、アリスンは少し寂しげに笑う。

「ギルバート様には私だけ……」

確かに女友達にも、ギルバートのことは眉目秀麗で頭がいいとは言っていたけれど、誰一人ギルバートには興味を示していなかった。

それどころか将来が見えない芸術活動に没頭しているギルバートを、少し気味悪がっているようにも見えた。

芸術を愛して作品を作ることは立派なことだと思うのに、伯爵家の次男が家業や事業を手伝いもせずにいるのを知って、自分の家の将来を託せないと判断したのだろう。

自分もそれがネックでギルバートを選べずにいるが、クリスティーナが心を決めることで、彼がウェントワース伯爵家の為に働いてくれる可能性があるのなら、迷わずにその逞しい胸へとび込むことができる。

「私がギルバート様を愛してもいいの……？」

「もちろんよ。どうかギルバートをよろしくね」

アリスンににっこりと微笑まれてクリスティーナも僅かに微笑み返し、またティーカップを傾けた時だった。

「なんの話をしてるんだ？　僕の名が聞こえたような気がするけれど」

「あら、ギルバート」

不意に扉が開いたかと思ったら、そこにはたった今まで話題の中心だったギルバート本人がいて、こちらへ近づいてきた。

「さては良くない噂をしていたね？」

「そんなことないわ。ギルバートもお茶をどう？」

突然現れたギルバートに驚きもせずに、アリスンがお茶を勧める。

しかし彼はそれを辞退して、クリスティーナを凝視めてにこやかに微笑んだ。

「これから用事は？」

「やることが決まっていなかったので、アリスンと決めようと思っていたところです」

「ならばアリスン、クリスティーナを貸してくれないか？」

「私は構わないけれど……いったいなにをするのかしら？」

クリスティーナが気になっていることをアリスンが代弁する形になり、なにを言うのかギルバートを凝視めていると、彼は優しく微笑みながらクリスティーナを凝視める。

「前から僕がどんな芸術活動をしているのか興味があるようだから、これから僕の工房へ案内しようかと思ってね」

「私が工房へ伺ってもいいのですか？」

「あぁ、別に隠している訳ではないし、なによりモデルになってもらう約束もあるしね」

少し悪戯っぽくウィンクをされて、クリスティーナも微笑んだ。

確かに以前、モデルになってほしいと改めて言われていたこともあり、クリスティーナとしてもギルバートがどんな芸術活動をしているのか、とても興味がある。

「珍しいこと。工房には私たちも入れてくれないのに」

「クリスティーナは特別だからね。どう、見学してみたい？」

「もちろん見学したいです」

「ならば決まりだ。今からさっそく工房へ行こう」

椅子から立ち上がるのを手伝ってくれたギルバートにそのまま腰を抱かれて、テラスルームから庭へ出ると、裏庭の方角へエスコートされる。

「工房はお屋敷の中にあるのではないのですか？」

「屋敷ではできない大がかりな作業があるから、裏庭に工房を建てたんだ」

てっきり屋敷の中に工房があるものだとばかり思っていたのに、工房を別に建てるほどの芸術活動とはいったいなんなのだろう？

ずっと気になっていたがますます興味が湧いて、ギルバートにエスコートされるまま歩いていくと、裏庭の奥まった場所にとても立派な煉瓦造りの建物が見えてきた。

しかもその建物には窯のような物が併設されていて、煙突が立っている。

「これがギルバート様の工房なのですか？」

「そうだよ。さぁ、中へ入って」

誘われて中へ足を踏み入れると、そこは白い壁と紫檀で統一されていて、仮眠用らしいキングサイズのベッドと紫檀の大きな机だけがある広い空間だった。

作業をする為の広い机は意外と片付いていたが、そこに小さな球体関節の腕や脚、それにビスク・ドールの身体や顔が無造作に置かれているのを見て、クリスティーナは驚いてびくっと身を竦めた。

「これは……」

「驚いた？　実はクリスティーナを描いてから、ずっと忘れられなくてね。絵で表現するだけでなく、パブリックスクールを卒業してからは、フランスの人形師に師事をして、ビスク・ドールでクリスティーナの愛らしさを表現するようになったんだ」

「これがぜんぶ私？　それでは、もしかしてクリスティーナ・シリーズというのは……」

「そう、市場に出回っている物も、僕がコレクションしている物もすべて、クリスティーナ、君を想って作っていたんだ」

まさか自分がきっかけで人形師になっていたなんて思いもよらず、クリスティーナはただでさえ大きな目を瞬かせた。

確かに以前、ビスク・ドールがたくさん飾ってある部屋に案内された時、ギルバートはクリスティーナのことを人形たちの本物だと言っていた。

それを思うとここにある人形も屋敷に飾ってある人形も、すべて自分がモデルというのには頷けたが、まさか絵だけで表現できないからといって、人形師になっていたなんて。

あまりに驚きすぎて、声も出せずに作りかけの人形に視線を落としたクリスティーナは、まだドレスを着ていない裸の人形を見て頬を染めた。

細部に至るまで緻密に色づけされている人形を見ていると、まるで自分の裸を見られているような気恥ずかしさがあったのだ。

「人形を作ることで、美しく成長するクリスティーナを想像していたなんて、僕のことを嫌いになった？」

少し自信なさげに訊いてくるギルバートに、クリスティーナは首を横に振った。

「嫌いになる筈がありません。ですが、驚きました……」

市場には滅多に出回っていないらしいが、人形部屋や工房にある無数の人形に圧倒されて、クリスティーナはただただ呆然と返事をした。

ここまで人形を作り込むのに、いったいどれだけの労力を費やしたのだろう？

しかも自分に似ている人形を作る為だけに工房を建てるだなんて、ギルバートはそこまでしてクリスティーナに似ている人形を作りたかったのだろうか？

クリスティーナより人形のほうが遙《はる》かに愛らしく、完成度が高いように見えて、なんだか複雑な気分になるのは、ギルバートが自分の理想を人形に詰め込んでいるように見えるからだろうか？

どちらにしても人形を通して、ギルバートがクリスティーナを見ているように思えて、少しだけ微妙な気分になった。

「驚かせてごめん。けれど、クリスティーナの美しさを表現するには、人形を作ることが一番に思えたんだ」

「私はここまで愛らしくありません」

「そんなことはない。まだ誰の色にも染まっていないクリスティーナは、ここにある人形たち以上に美しいよ」

そう言いながら身体を引き寄せられて、逞しい胸の中にすっぽりと包み込まれる。

愛するギルバートに抱きしめられていると思うと嬉しさが込み上げてきて、クリスティーナもそれに応えるように、そっと手を添える。

「出会った時から愛している」

「私も出会った時からギルバート様だけを愛しています」

ほんの少し複雑な気分になったものの、抱きしめられて愛を囁かれると、途端に心が蕩けてしまい、クリスティーナはうっとりとギルバートの胸に身体を預けた。

「ありがとう、クリスティーナ。ならば僕たちの気持ちは同じだと思っていいんだね？」

頤をそっと持ち上げられて深蒼色の瞳を凝視めていたが、ギルバートが徐々に近づいてくるのに耐えきれなくなり目を閉じる。

すると次の瞬間に口唇を合わせられて、緩く引き結んでいた口唇を柔らかく吸われる。

（私、ギルバート様とキスを……）

感激のあまりに胸の奥が熱くなり、そのまま溶けてしまいそうになった。

その間も軽く触れては何度も啄まれて、その度にキスがどんどん深くなる。

幼い頃に両親とマウス・トゥ・マウスをしたことはあるが、こんなふうに大切に扱うように何度も口唇にキスをされることは初めてで、クリスティーナはギルバートに抱かれた状態で身を固くした。

「ん……」

しかし緊張していたのは最初だけで、ギルバートの口唇が角度を変えては何度も触れてくるうちに、愛情が伝わってくるような気がして、いつしかクリスティーナはうっとりとキスを受け容れていた。

「んふ……」

チュッと音をたてて吸われたかと思うと、今度は口唇を食むように吸ってくる。

それがだんだん気持ちよくなり、クリスティーナは甘い吐息をついて口唇を解いた。

するとまるでその時を待っていたかのように、ギルバートの舌が口腔に潜り込んできて、クリスティーナのそれを搦め捕る。

「んっ……っ……」

熱く柔らかな舌を絡められて驚いたものの、ギルバートが宥めるように背中を優しく撫でてくれたおかげで、パニックを起こさずに済んだ。

それでも舌を絡めるようなキスをするのは初めてのクリスティーナは、口腔を舐められることに慄いて、ギルバードの腕の中で身体をぴくん、ぴくん、と跳《は》ねさせる。

「んぅ……っ……」

ザラリとした舌がクリスティーナのそれを絡めて吸い上げる度に、なぜだか頭がボーッとして、背筋に甘い感覚が走る。

腰も軽く痺《しび》れているように感じて、このままでは立っていられなくなりそうだった。

そして舌先がそっと触れてくると腰にはっきりとした甘い疼きが走り、思わずギルバートのジュストコールにしがみついた。

そうしなければ、自力で立っていられなかったのだ。

ギルバートは心得ているようで腰をしっかりと摑んでくれたので、倒れ込むようなことはなかったが、キスはさらに深くなる一方で、クリスティーナはもう彼のキスに必死についていくのがやっとだった。

「……いいか？」

「あ……」

口唇を僅かに離し、なにかの了解を求められたのはわかったが、初心なクリスティーナはそれがなにを意味しているのかわからなかった。

ただ潤んだ瞳で見上げていると、ギルバートはふと微笑んで口唇にまたチュッとキスをしてから、クリスティーナの身体をいとも簡単に抱き上げた。

「あ……」

いったいなにが起こるのかさっぱりわからないながらも、なにか心許ない気分でギルバートを凝視めているうちに、顔中にキスを落とされる。

それがくすぐったくて首を竦めておとなしくしているうちに、工房に設えてあるキングサイズのベッドにそっと寝かされた。

驚いて起き上がろうとするが、ギルバートがキスを続けながらも覆い被さってきて、またベッドに沈み込む。

その時になって先ほどギルバートがなんの了解を取ったのかをさすがに察して、クリスティーナは慌てて抵抗しようとした。

「逃げないで。愛しているんだ……このまま僕のものになって」

「で、ですが……ギルバート様と結婚するかまだ父から許しをもらっていないのに、そういう関係になる訳には……」

「先ほど僕を愛していると、その口が言ったばかりじゃないか」

「ですが……」

もっともらしい言い訳をしてみたが、ギルバートに言質を取られて靴を脱がされてしまい、ますます心許ない気分に陥った。

「さぁ、もう靴はないのだから、諦めて僕のものに……なるんだ」

「あぁっ……！」

ドレスのホックを手際良く外されて、肩にかかるドレスを一気に引き下ろされる。

その途端に双《ふた》つの乳房がまろび出てしまい、クリスティーナは羞恥に全身を染め上げた。

おずおずと見上げてみれば、ギルバートはため息ともつかない息をつき、微かに揺れる乳房を凝視めていて、クリスティーナはあまりのことに目をギュッと閉じる。

「想像していたとおりの白さだけれど、想像よりも大きいね。それに可愛らしい乳首は人形たちよりもっと淡いベビーピンクだったんだ……」

「……ぁ……」

外気に触れたせいでぷっくりと膨らむ小さな乳首を指先でつつかれて、そのまま乳房も覆われた瞬間、思わず声をあげてしまい、クリスティーナは口唇を引き結んだ。

その間にドレスを完全に引き下ろされて、下着一枚という格好で、身体の隅々まで人形との違いを検分された。

顔を覆って震えていても、ギルバートはまだ人形との違いを見つけるように、両手で身体のラインをじっくりと撫でていく。

「何度作っても納得がいかない訳だ。本物はこんなに温かくて柔らかくて……ずっと触っていたいほどなめらかな手触りなんだ」

「も、もうあまり見ないで……恥ずかしいです……」

「恥ずかしがることはない。一緒に天国の扉を叩こう……」

「ぁ……」

衣擦れの音がするのに気づいて恐る恐る見上げてみれば、覆い被さっていたギルバートも服を脱ぎ捨てていた。

まるで彫刻のように厚い胸板と、引き締まった腹筋を見ただけで胸がドキドキと高鳴る。

そしてトラウザーズを寛げた瞬間に、生まれて初めて反り返る男性を目の当たりにして、クリスティーナは慄きながら寝返りを打ち、身を固くした。

しかしギルバートは再び覆い被さり、びくっと反応するクリスティーナの肩にチュッとキスをして、身体を重ねてくる。

まるでふたつのスプーンが重なるように身体を密着され、肩から首筋、そして耳朶へとキスを繰り返される。

その間、心臓がとび出しそうなほどドキドキして、身体を通してギルバートに伝わっているのではないかと心配になった。

「愛している、クリスティーナ……」

「ぁ、ギルバート様……」

本当にこのまま、ギルバートに純潔を捧げることになるのだろうか？

愛しているからといって、結婚前に身体を捧げてもいいものなのか——。

そこでふと『親の都合で結婚させられるのだもの。純潔くらい好きな人に捧げてもいいと思わない？』という友人の言葉が頭を掠めたが、悩んでいる暇はなかった。

「愛している、僕のクリスティーナ……」

「あっ……」

ギルバートが触れた口唇や身体が、甘く痺れるように疼くのはどういう仕組みなのか。不思議に思っている間にも、彼の大きな手が身体をじっくりと撫でてくる。

そして肩から耳朶までに仕掛けられる柔らかなキスにも慣れてきた頃になって、ギルバートが愛を囁きながら再び乳房に触れてきた。

しかも今度は乳房の柔らかさを確かめるように、優しく円を描いて揉みしだき、指の間に挟んだ小さな乳首も、同時に刺激してくる。

「んっ……っ……」

ギルバートの指が優しく動く度に、乳首からなんだか甘く淫らな感覚が湧き上がってきて、クリスティーナは戸惑いに瞳を泳がせ、彼の腕から逃れようとした。

しかし乳房を揉みしだかれ、乳首を上下に速く擦られると、抵抗しようとする力がなぜだか抜けてしまう。

「んっ……や、ぁ……」

「いや、じゃないだろう。こんなに可愛らしく膨らませて……僕の愛撫を悦んでいる」

「やっ……っ……」

違うと首を横に振り立ててもギルバートは許してくれず、乳首をきゅうぅっと摘まみ上げてくる。

「あっ……」

軽い痛みがあったもののそれ以上に心地好く感じてしまい、身体が自然と仰け反る。

そんなクリスティーナの痴態を凝視めながらギルバートはふと笑い、胸に顔を寄せていき、乳首を口の中へちゅるっと吸い込んだ。

「あぁっ……！」

ザラリとした舌が小さな乳首に絡みつき、ねっとりと舐め上げてくる。

それがあまりに気持ちよくて、クリスティーナは乳首を吸われる度に身体をぴくん、ぴくん、と跳ねさせた。

こんなふうに舐められるだけで、こんなにも気持ちいいなんて思いもよらず、クリスティーナは戸惑いながらもギルバートを引き剝がそうと髪の中に指を埋めた。

しかし繊細な動きをする舌に乳首を舐められ、もう片方の乳房を揉みしだかれながら身体のラインを撫でられると、あっという間に力が抜けてしまい、ギルバートの髪をただ掻き混ぜることしかできなかった。

「ん、やっ……」

ちゅ、くちゅ、と淫らな音をたてて乳首を舐め転がされる度に、甘く蕩けそうな感情がますます高まってくる。

初めてだというのに、こんなにも淫らに感じる自分が信じられなくて、クリスティーナはいやいやと首を横に振り立てるが、ギルバートが愛撫を止めることはない。

それどころかチュッと音をたてて乳首から離れると、濡れて光る小さな乳首を指先でつん、とつついて微笑む。

「たくさん感じてくれて可愛いよ。ほら、小さな乳首がこんなに色づいて……初めてなのにいやらしいね？」

「やぁっ……んっ、い、いや……」

言葉でもいじめられてとても恥ずかしいのに、濡れた乳首を指先で撫でられると、どういう訳だか余計に感じてしまう。

ギルバートが言うように、初めてなのにこんなに感じてしまうなんて、自分はどれほど淫らなのだろう。

消え入りたいほどの羞恥に駆られ、クリスティーナは涙目でギルバートを凝視めた。

「初めてなのにこんなになってしまうなんて……んっ、私はどこかおかしいのですか？」

「おかしいことはない。いっぱい感じてくれて嬉しいよ。さぁ、もっと感じてごらん」

「あっ……っ……」

マシュマロのように柔らかな乳房を両手で押し上げられたかと思うと、左右の乳首を交互にチュッと吸われる。

それがあまりに気持ちよくて、吸われる度に身体を跳ねさせていたクリスティーナだったが、ギルバートの愛撫を素直に受けているうちに、どういう訳だか秘所がきゅん、と甘く疼くのを感じた。

「ぁ……んっ……」

一度意識してしまうと、乳首を吸われる度に秘所がきゅんきゅん疼いて、なんだか濡れた感触がしてくるのがわかった。

それがどうしてなのかわからず、ただ乳房を愛撫されて震えているうちに、身体を撫でていたギルバートの手が下着に触れた。

「い、いやっ……！」

身体の異変を知られるのが恥ずかしくて、腰を捩って逃げようとするが、すぐに捕まって下着を一気に引き下ろされる。

「あぁ……」

咄嗟に脚を閉じようとしたものの、ギルバートの身体が入り込んでいるせいで閉じることもままならず、そのまま脚を広げられてしまった。

恐る恐る見上げてみれば、ギルバートは秘所をまじまじと凝視めていて、あまりの羞恥に目をギュッと閉じた。

「こんなに濡れるほど感じていたんだね。嬉しいよ、クリスティーナ」

「ぬ、濡れ……？」

「愛されて感じると、女性は男を受け容れやすくする為に濡れるようになっているんだよ。

つまりクリスティーナの身体は僕を受け容れたいと思っているという訳さ」

「そ、そんな……」

違うと首を横に振るが、ギルバートはふと笑い、頬に何度もキスをしてくる。

それがくすぐったくて肩を竦めているうちに、ギルバートがそっと覆い被さってくる。

「ぁ……」

先ほどよりも熱い身体をより近くに感じるのは、気のせいだろうか？

おずおずと見上げるとギルバートは優しく微笑んでいて、それまで身体を隠さなければと焦っていたクリスティーナは、思わずその笑みに引き込まれるように固まった。

（結婚するまでは純潔でいなければいけないとわかっているのに……）

理性ではそう思うのに、友人たちの『好きな人と結ばれたほうがいい』という声も同時に頭の中に響き、どちらを取るべきか悩んでしまう。

「愛している、クリスティーナ……」

「あ……っ……」

ギルバートの手が動いた瞬間、咄嗟に抵抗をしたものの、秘所をすっぽりと覆われ、クリスティーナはびくん、と震えた。

それでもまだ決めかねているうちにギルバートの指が秘裂の中に潜り込み、濡れた感触を確かめるように蜜口を撫でてきた。

「んっ……」

自分でも触れたことのない蜜口をそっと撫でられると、どういう訳だか甘く感じてしまい、腰が意図せずびくん、と跳ねる。

思わずギルバートの腕に縋りついて首を横に振るが、蜜口を撫でていた指が陰唇を割り開くように撫で上げてきて、その先にある小さな粒を捉えた瞬間、腰から下が溶けてしまいそうなほどの快感を感じて目を見開く。

「ここがクリスティーナの一番感じる場所だよ」

「あぁっ……もう触ったらだめです……」

「大丈夫、恐がらないで感じておいで……」

「んっ……っ……」

くちゅくちゅと音をたてて指が上下に動く度に、小さな粒が芯を持ち始めて、さらに快楽が湧き上がってくる。

どうしていいのかわからずに、ギルバートの腕に縋りつきながら身体を強ばらせているが、包皮に守られている秘玉を指先で捉えられ、軽い振動を送り込まれた瞬間、そのあまりの心地好さに腰がベッドから浮き上がった。

「あっ、あぁっ……ん、んや……やぁっ！」

「気持ちいいんだね、僕のクリスティーナ……その感覚を追ってごらん……」

言われたからという訳ではないが、ギルバートの指の動きをどうしても意識してしまい、指先が秘玉を撫で擦る度に、腰がひくん、ひくん、と跳ねてしまう。

「んっ……や、いや……」

ちゅ、くちゅ、と淫らな音がたつのが恥ずかしいのに、それ以上に蕩けるような快楽を拾い上げてしまい、蜜口から愛蜜がさらに溢れてくるのがわかる。

ギルバートにもそれがわかるようで、愛蜜を掬《すく》った指で秘玉を刺激されてしまい、さらなる快感にクリスティーナは四肢《しし》を強ばらせた。

力を込めてギルバートに縋っていないと、どこかに飛んでしまいそうな感じがするのだ。

ギルバートの指がさらに貪婪《どんらん》に秘玉を刺激する度に、その感覚がどんどん強くなってきて、クリスティーナは首をふるりと横に振った。

「あぁ、ギルバート様……私なにか変ですっ……」

「いいぞ、クリスティーナ……そのまま変になってごらん……」

「あっ、あぁ……んっ、やぁ……なにか来ちゃいますっ……」

秘玉をまあるく撫でられてから左右に擦られる度に、快感がさらに強くなり、腰の奥から甘くて濃密な感覚が押し寄せてくる。

しかも秘玉を弄られているのに、どういう訳だか蜜口の奥がなにかを咥え込みたいというように、ひくひくと蠢動《しゅんどう》を繰り返すのだ。

その正体がなんなのかわからず、クリスティーナは戸惑いながらギルバートに縋りつき、その大きな波が押し寄せてくる度に身体を強ばらせた。

しかし何度も何度も秘玉を執拗に刺激されているうちに、とうとう堪えきれなくなり、限界を訴えるように、つま先がくぅっと丸まる。

「あっ……あぁ、あっ……やめて、もうだめ。だめですっ、私もうっ……！」

ギルバートがまた秘玉を捉えて振動を送ってきた瞬間、クリスティーナは目を見開いたまま、大きな感覚の渦に巻き込まれるのを感じた。

そして——。

「あっ……あぁぁあっ！」

秘玉をくりゅん、と撫でられた瞬間、堪えきれない快感が走り抜け、なにかの限界を超えたのを感じ、クリスティーナは腰を突き上げたまま猥《みだ》りがわしい悲鳴をあげた。

そしてその直後に息も止まり、そのくせ蜜口はひくん、ひくん、となにかを締めつけるような動きを繰り返す。

それからしばらくして身体の中に吹き荒れていた嵐のような感覚が過ぎ去ったかと思うと、今度は呼吸を取り込むのに忙しくなる。

胸が上下するほどの呼吸をしながら、自分の身にいったいなにが起こったのかわからずにギルバートを見上げると、優しく微笑みながら顔中にキスをされた。

しかしそんな軽いキスも今は敏感に反応してしまい、キスをされる度にゾクゾクしながらギルバートを凝視める。

「んっ……今のは……」

「嬉しいよ、クリスティーナ。僕の指で達《い》ってくれたんだね」

「達くというのは……？」

「快楽の限界に達することを達くと言うんだ。頭の中が真っ白になって、なにも考えられなくなっただろう？」

　確かに達くという感覚を味わった時、頭の中が真っ白になった。

　そういえば友人たちも、愛されると頭の中が真っ白になると言っていたのを思い出す。

　自分も友人たちのように身体を愛されることで、頭の中が真っ白になって気持ちよくなる経験をしたのだと改めて実感し、なんだか照れくさくなった。

「恥ずかしがることはない。正常な反応だ」

「ですが……」

「感じるのはごく自然なことで、不思議なことじゃない。さぁ、もう一度感じてごらん」

「あっ……待って、ギルバート様……」

　また先ほどのような快感を味わうのかと思うと慄いてしまい、腕を突っ張ったが、その程度の抵抗などものともせずに、ギルバートは間合いを詰めてくる。

間近に顔を寄せられて思わず息を詰めると、そのまま噛みつくようなキスをされて、再びベッドに深く沈められてしまった。

「んっ、ふ……」

あっという間に舌を搦め捕られ、まるで想いの丈を伝えるように強く吸われる。

かと思えば舌先で柔らかく舐められて、絡めた舌を何度も何度も甘く吸われてしまい、必死に抵抗していた筈が、身体からあっという間に力が抜けた。

「ぁ、んふ……んっ……」

ギルバートに縋りついてなんとか引き剝がそうとしても、クリスティーナが少しでも抵抗しようとすると、彼は見つけた弱みを舐めてくる。

(キスがこんなに気持ちいいなんて……)

ただのマウス・トゥ・マウスしかしたことのなかったクリスティーナにとって、こんなに深いキスはやはり衝撃的で、巧《たく》みなキスを受ける度に、抵抗すらできなくなってきた。

それを見越したように、首筋へ口唇を落としたギルバートの両手が、身体をじっくりと撫で下ろし始める。

彼の手が這った箇所から甘く痺れるような感覚がして、特に感じる箇所を撫でられる度に、クリスティーナは身体をぴくん、ぴくん、と跳ねさせた。

そして腰まで辿り着いた手が、今度はまた撫で上げてきて、双つの乳房を掬うように持ち上げてくる。

「あっ……んんっ……」

小さな乳首を同時に刺激されると甘く疼いて、途端に淫らな気分が高まってくる。

たった一度達かされただけなのに、もう乳首を軽く刺激されただけで、秘所もまたきゅん、とせつなく疼くのがわかる。

「ぁ、んっ……ん、ふ……ぁ……」

そんな淫らな自分に打ちひしがれながらも、ギルバートの指先が乳首をきゅうぅっと摘まんだり、上下に速く擦ったりする度に、甘えるような声を洩《も》らしてしまう。

「可愛いよ、クリスティーナ……これが好き？」

「あぁ、そんな……そんなこと……」

これ、と言いながら乳首をまあるく転がされるのが、堪らなく好《い》い。

それでもそれを認めるのに抵抗があり、首を横に振ってみたが、ギルバートはクスクス笑いながら片方の手で秘所を覆ってきた。

「ならばこっちがいい？」

「あっ……」

「またこんなに濡らして……期待していたんだね」

「あぁ、違います……」

そんなことはないと、さらに首を横に振るが、ギルバートは取り合わずに指を埋め、蜜口をそっと撫でてくる。

「先ほどは気持ちいいばかりだったが、今度は少しだけ先に進もう……」

「……先へ？」

あれ以上のことが待ち受けているのかと思うだけで、緊張に構えてしまったが、それを察したギルバートが肩にキスをしてくる。

「大丈夫、ゆっくりと慣らすから心配しないで」

「んっ……っ……」

クリスティーナを安心させるようにチュッとキスをしたギルバートの指が、蜜口をそっと押すようにしてゆっくりと潜り込んできた。

その瞬間は少し苦しくてツン、とした痛みとせつないような感情が湧き上がったが、耐えられない痛みではなく、そのうちに痛みも消えてきた。

ホッとして身体から力を抜くと、ギルバートが褒めるように秘玉をそっと撫でてきて、ついそちらの感覚を追っているうちに、もう一本指を入れられた。

「あっ……っ……」

先ほどより苦しさはあったものの、しばらくするとやはり慣れてきて、ギルバートが隘《あい》路《ろ》で指をそろりと動かす。

「んや……ぁ……」

「痛くはないだろう？」

「は、はぃ……」

素直に頷いておずおずと見上げてみれば、ギルバートは微笑んでさらに刺激をしてくる。

秘玉を弄りながら中に入った指で掻き混ぜられると、なにかとても満たされた感じがして、秘玉を撫でられる度に媚壁がギルバートの指にきゅうぅっと吸いついてしまう。

「んっ……あっ、あぁ……」

「いいぞ、その調子……」

「あぁ、あっ……ん、んんっ……」

そのうちに指をゆっくりと抜き挿《さ》しされて、秘所からぬちゅくちゅと淫らな音がたつようになり、それと同時に腰の奥から濃密で甘い感情が湧き上がってきた。

昂奮に包皮から顔を出している秘玉を撫でながら抜き挿しをされるとさらに好くて、クリスティーナはシーツを摑んで腰を突き上げた。

四肢にも力がこもり、先ほど感じた大きな波が襲ってくるのを感じ、身体を強ばらせる。

それでもギルバートは構わずに指で最奥を目指すように何度も何度も抜き挿しを繰り返し、同じリズムで秘玉を刺激してくる。

「あぁ……ギルバート様っ、私また……」

「いいぞ、思いきり達ってごらん……」

「んんっ……！」

言ったと同時に指をさらに速く動かされて、そのあまりの愉悦にクリスティーナはシーツに顔を埋めながら身体を強ばらせた。

その間もギルバートはちゃぷちゃぷちゃぷ、と音をたてて指を烈《はげ》しく抜き挿しし、秘玉をくりくりと弄っては、クリスティーナを絶頂へと追い立てる。

そして折り曲げた指で媚壁のある一点を擦られた瞬間、とうとう堪えきれずにクリスティーナは腰を突き上げた格好のまま達してしまった。

「あっ……あぁ……んっ……」

先ほどより深い絶頂を感じて、ギルバートの指を締めつけながら極上の快楽に浸る。

その間は頭も真っ白になってしまい、息を凝らして身体を強ばらせていたのだが、次の瞬間にベッドに沈み込む。

「は……ぁ……」

胸を上下させながら息をしているうちに、真上からギルバートが凝視めてくる。

潤んだ瞳で見上げれば、ギルバートが優しく微笑んでいて、頬やおでこにチュッ、チュッとキスをしてきた。

その度に敏感に反応して身体を竦めていたクリスティーナだったが、身体を優しく包み込まれ、また優しいキスを受けているうちに、胸が熱く焦がれるのがわかった。

愛するギルバートに、身体を優しくいたわられている。

たったそれだけのことだったが、とても愛されているのがわかり身体の力を抜いた。

頭の隅にあった結婚するまでは純潔でいなければ、という思いも霧散《むさん》する。

こんなに優しいギルバートにならすべてを捧げてもいいと思えたのだ。

それが身体を通して伝わったのか、ギルバートが熱く滾《たぎ》る熱を蜜口に押し当ててくる。

「いい子だ、クリスティーナ……そのまま力を抜いて……」

「あっ……あぁっ……っ……」

初めて感じる熱に思わずびくり、としてしまったが、ギルバートはそれを宥めるように顔中にキスをしてくる。

恐る恐るギルバートを凝視めれば、しっかりと頷いてくれて、心が決まった。

「ギルバート様……」

自らギュッと抱きついて小さな声で名を呼べば、それだけでクリスティーナの健気な決心が伝わったようで、蜜口を行き来していた熱い先端がぐいっと押し入ってきた。

「あっ……っ……」

指を挿入された時と同じようにツン、と沁みるような痛みがあったものの、それも次第になくなってきたかと思うと、熱い塊《かたまり》が身体を押してくるような感覚がして、身体が燃えるようだった。

そしてなぜか胸がせつなさでいっぱいになり、四肢が甘く震えてくる。

「ぁ……」

ふと見上げればギルバートは、額に玉のような汗を浮かべて歯を食いしばっていた。なにも自分だけが苦しい思いをしているのではないのだとわかり、クリスティーナは彼の背中にギュッとしがみつく。

「クリスティーナ……ッ……」

息を弾ませながら名を呼ばれただけで、せつなさでいっぱいだった胸が甘く蕩けてしまいそうになり、苦しいながらも笑みを浮かべると、ギルバートも僅かに笑みを浮かべてさらに身体を進めてくる。

「ぁっ……っ……」

最奥まで押し入ってくるのがわかり、思わず身体に力を込めそうになってしまったが、息を逃していると、ギルバートがふと息をついて乱れた髪を整えてくれた。

「届いているのがわかる……？」

「……んっ……これで私たちはひとつになったのですか？」

「そうだよ、痛くはない？」

髪を撫でていた手が頬を包み込んできて、クリスティーナは甘えるようにその大きな手

に頬を擦り寄せた。

「大丈夫です……ですが、なんだか不思議な感じです……」

身体を通してギルバートの声が響いてくる奇妙な感覚に、戸惑いながらも素直に感じたままを話すと、彼はプッと噴き出して頬にキスをしてくる。

「その調子なら大丈夫そうだね……そろそろ動くよ」

「あっ……っ……ん……」

不意に腰を摑まれたかと思うとゆさりと揺さぶられて、その瞬間にクリスティーナは心許ない声をあげた。

反り返る先端が擦れただけで甘い感覚を拾い上げてしまい、四肢に力が入らなくなる。

それでも必死にギルバートにしがみついているうちに、揺さぶるだけだった筈が、熱い楔がゆっくりと抜け出ていき、また奥へと押し入ってきて、最奥をつつかれる度に甘い声があがってしまう。

「んっ……ぁ……あっ、あっ、あぁっ……」

ゆったりとしたリズムを刻んでいたかと思えば、抜き挿しがどんどん烈しくなってきて、クリスティーナは堪らずにギルバートの背中に爪を立てた。

するとギルバートは歯を食いしばりながら、さらにずくずくと突き上げてきて——。

「あっ……あっ、あぁっ、あっ、あ、あっ、あぁっ、あ……」

繋がった箇所から、ずちゅくちゅと粘ついた音がたつのが恥ずかしい。

それでも恥ずかしさを感じていたのはほんの束の間で、ギルバートがリズミカルに穿ち始めると、もう彼のくれる感覚しか追えなくなる。

ギルバートが突き進んでくる度に、溢れ出るほどの愛情を感じて、苦しかった筈の身体が甘く蕩けていくのがわかる。

「クリスティーナ……ッ……」

穿たれる媚壁もギルバートの熱を包み込んで、せつなく吸いついてはもっと奥へと誘う。

それが好かったのか、中にいるギルバートがびくびくっと反応して、肌を打つ音がするほど烈しく律動する。

がくがくと揺さぶられても彼に必死でしがみつき、肩に縋りつきながらただ穿たれていたのだが、そのうちに腰の奥から先ほどより強い愉悦が湧き上がった。

「あ、んんっ……あっ、あぁ……ギルバート様、私もうっ……」

「あぁ、僕も……クリスティーナが好すぎて、少しももちそうにない……」

切羽詰まった声で名を呼べば、彼もまた息を弾ませながら挑んでくる。

肌を打つ音が烈しくなり、繋がった箇所からくちゃくちゃと呆れるほど淫らな音がする。

涙目で見上げればギルバートもクリスティーナを凝視めていて、僅かに微笑んでくる。

それを見たら愛おしさが込み上げてきて、媚壁がきゅうぅっとギルバートを締めつけた。

その瞬間に最奥まで一気に突き上げられたのがあまりに気持ちよくて、クリスティーナはギルバートにしがみつきながらまた達してしまった。

「あぁ……あっ……ぁ……！」

先ほどギルバートの手で絶頂に導かれた時もすごい快感だったが、ひとつになって感じる絶頂はもっと気持ちがいい。

同じ感覚を共有しているのも嬉しくてギュッと抱きつくと、ギルバートもまた遅れて達し、熱い飛沫を浴びせてくる。

そして長い息をついたかと思うと腰を何度か打ちつけられて、残滓《ざんし》を浴びせられ、クリスティーナもその度に小さな絶頂を感じた。

「ん、ふ……」

息を弾ませながらも凝視め合っているうちに、クスッと笑ったギルバートが頬をすっぽりと包み込んでくる。

優しく撫でられているうちにクリスティーナも幸せな気持ちになって、クスクス笑いながら微笑み返した。

「愛している……」

「私も愛しています……」

ごく自然と愛の言葉を交わし、どちらからともなく口唇を重ねる。

その瞬間の幸福感に心が甘く蕩けていき、なぜだか涙が零れてしまった。

しかしその涙もすぐに口唇で吸い取られ、二人してベッドに寝転がって寄り添う。

改めて素肌を重ねているだけでも、なんだか幸せな気分になれて、逞しい肩に寄り添いながら、クリスティーナはうっとりと目を閉じる。

「僕を受け容れてくれてありがとう」

「……本当に私でいいのですか？」

「クリスティーナだからいいんだ」

そっと目を開くと、優しく微笑まれて頬に柔らかなキスをされ、クリスティーナもふんわりと微笑んだ。

まだ父の許しを得る前に、ギルバートと一線を越えてしまったが、愛を確かめ合った今はそれでもいいと思えた。

「愛している……」

「はい、私も愛しています……」

笑顔で愛を何度も囁かれるのがくすぐったくて、クリスティーナはクスクス笑いながら逞しい胸に寄り添う。

そんなクリスティーナをいたわるように抱きしめてくれるのが、なんだか嬉しい。

身体を覆う腕がとても頼もしくて、クリスティーナは満たされた気分で目を閉じた。

◇第三章　愛の代償◇

その日はアリスンに外出の用事があり、クリスティーナは一人で庭に設えてあるガーデンテーブルでクリーム・ティーを楽しんでいた。

レースピオニーのティーカップから立ち上る薫り高いウヴァのミルクティーをひと口飲み、辺りに咲く薔薇を眺めてはうっとりとため息をつく。

(もうそろそろ夏咲きの薔薇の季節ね……)

ギルバートに純潔を捧げた日から約ひと月半。オルコック伯爵家に住むようになってからちょうど二ヶ月が経ったところだ。

その間にクリスティーナとギルバートの距離は、ますます近しいものになっている。

ディナーの後に部屋まで送り届けるまでが彼の役目だが、送り届けるだけでなく、そのままクリスティーナの寝室まで来ることも度々あった。

それにクリスティーナ自身も、工房に詰めているギルバートへランチのサンドイッチを届けに足繁く通い、その時の雰囲気で工房のベッドで愛し合うこともあり、まさに昼も夜もなく身体を重ねるようになった。

一度許してしまってからのギルバートはとても積極的で、クリスティーナをことあるごとに逞しい胸の中へ引き込むのだ。

最初の頃は戸惑っていたクリスティーナも、愛を囁かれながら顔中に柔らかなキスをされているうちに、それが心地好くなってしまい、今ではギルバートの胸の中が一番安心できる場所になっている。

身体を求められるのも今ではすっかり抵抗がなくなり、ともすれば期待に胸がドキドキするほどだった。

ギルバートに愛される度に身体も敏感になっていくようで、ほんの少しのじゃれ合いでも、甘い雰囲気を感じ取った身体がギルバートを求めてしまうようになって――。

（いやだわ。思い出しただけで私ったら……）

頬がどんどん染まってくるのがわかり、クリスティーナは火照った頬に手をやった。

しかし先日の交歓がすぐさま思い出されてきて、ますます真っ赤になる。

いつものようにランチのサンドイッチを届けに、工房を訪ねた時のことだ。

作業を中断して二人して甘い言葉を囁きながら戯《たわむ》れていたのだが、人形の彩色をする為だと称してドレスを脱がされ、濡れた筆先で乳首を何度も何度も撫でられてしまい、それだけの刺激で達してしまったのだ。

その時はまるで秘密の淫らな遊戯をしているような気分になり、クリスティーナも昂《たかぶ》ってしまい、ギルバートに促されるまま、つい淫らなポーズを何度も取ってしまった。

しかもギルバートはそれだけでは飽き足らず、秘所の色も忠実に再現したいと言い出し、筆で愛蜜を掬っては秘玉に塗りつけ、筆先で秘玉を執拗に撫でては、またクリスティーナを絶頂へと導いた。

その頃になると、クリスティーナも身体を筆でいじめられるだけでは物足りなくなってきて、自らギルバートを誘うような真似をしてしまった。

その時の交歓は最高に気持ちよくて、こうして思い出すだけでも秘所がきゅん、と甘く疼くほどに刺激的で。

まざまざと思い出してしまったクリスティーナは、ドキドキする胸を落ち着かせるように、またティーカップに口をつける。

(こんなに穏やかな時間にあんなことを思い出すなんて。心も身体も満たされているのに、私ったら……もっとしっかりしないと)

自分に言い聞かせて気持ちも新たに背筋を伸ばし、ふたつに割ったスコーンにイチゴのジャムとクローテッドクリームをたっぷりと塗り、ひと口だけ頬張る。

甘酸っぱいイチゴのジャムと濃厚なクローテッドクリームの相性は抜群で、クリスティーナはふんわりと微笑んだ。

「やっぱり大好き」

「誰を想って言ってるの？」

独り言に返事があったことに跳《と》び上がるほど驚き、慌てて背後を振り返ると、そこには仕事へ行った筈のマーヴィンが立っていた。

「マーヴィン様……お仕事はどうされたのですか？」

「今日は商談がちょっとだけ早く終わってね。一緒に屋敷にいるギルバートのほうが圧倒的に有利だから、たまには俺もクリスティーナと仲良くしたいと思って」

にっこりと笑ったマーヴィンが、隣の席に座りながらクリスティーナの手に手を添えて、それから不意に手の甲にキスをしてくる。

いきなりのことに慌てて手を振り払ってしまってから、クリスティーナは気まずい思いで彼をおずおずと見上げた。

「ご、ごめんなさい……急だったのでびっくりしてしまって」

「気にしない……と言ったら嘘になるかな。ギルバートとはずいぶん仲良くしているようだけれど、俺とコミュニケーションを取るのはいやなのかな？」

マーヴィンはいったいどこまで知っているのだろう？

わからないながらも、どう答えていいのか迷って、クリスティーナは注意深くマーヴィンを凝視めた。

今までは朝食後に仕事へ出かけるマーヴィンを見送ったり、週末に庭を一緒に散歩したりして、当たり障りのない会話をしているだけでいたが、ギルバートとの仲を探るようなことは一度たりともなかった。

なのに今日に限って、ギルバートとの仲を勘ぐるような発言をするなんて。

もしかしたらギルバートと身体を重ねることで、見えない絆のようなものが生まれて、それを周囲も感じ取っているのかもしれない。

だからこそ、彼のほうからそういう話を振ってきたのではないだろうか？

ならばいつまでも答えを出さずに逢瀬だけを繰り返すより、心は既にギルバートに決まっていることを告げたほうが、マーヴィンに対して誠実でいられる気がする。

「さっきは誰を想って大好きだと言っていたの？」

「ち、違います。あれはスコーンを食べた感想です」

マーヴィンの言葉に咄嗟に否定してしまってから、クリスティーナは思いきり後悔した。

今のタイミングでギルバートを選んだと言ってしまえば良かったのに、違うと否定してしまってからでは、なかなか説明が難しい。

ここからどうやって切り出せばいいものか悩んでいるうちに、マーヴィンが再び手を握りしめてきた。

「そうだったんだ。ならば俺ともギルバートと同じくらい打ち解けてほしい」

「ギルバート様と同じくらい……？」

「そう、ギルバートと同等に見てほしいんだ……」

「……っ！」

真剣な顔で言いながら、また手の甲にキスをされそうになり、クリスティーナは手を振り払ってしまった。

「ご、ごめんなさい……」

慌てて謝りながらも手を取り返し、長い睫毛を伏せる。

その間、マーヴィンがクリスティーナのことをまじまじと凝視めているのがわかり、ますます顔を上げる勇気が持てず、気まずい思いで下を向いていたのだが――。

「もしかしてギルバートとは、もうとっくに深い仲になっている？」

「ぁ……」

嘘のつけないクリスティーナは、思わずマーヴィンを見上げて真っ赤になった。

その態度を見てマーヴィンが少し呆れたように長いため息をつくのがわかり、なんだか居心地の悪い気分に陥ったクリスティーナは小さくなった。

平等に接するつもりでいたのに、結果的にギルバートとばかり距離を縮め、それを隠して仕事へ出かけるマーヴィンを見送っていたことを思うと、彼の気持ちを蔑ろにしてきたようなものだ。

「本当にごめんなさい……」

心から反省をして謝るクリスティーナを、マーヴィンがジッと凝視めてくる。

その視線に耐えきれずに俯き、なにを言われるのか覚悟して待った。

「ギルバートを愛しているの？」

「……はい、私はギルバート様を愛しています」

「けれど君のお父様が許してくれないよ」

自分の気持ちを素直に認めたところで、間髪入れずに父のことを持ち出され、クリスティーナは言葉に詰まった。

今まではギルバートとの愛を育むことに夢中で、頭の隅ではわかっていた筈なのに、父の言いつけを思い出さないようにしてきた。

伯爵家に生まれたからには、家の存続の為の相手を見つけなければいけないのに、いつの間にかギルバートとの愛に生きてしまった。

しかしこうしてマーヴィンに問題を突きつけられ、別れ際の父の顔を思い出したら、燃え上がっていたギルバートとの恋愛に、水をかけられた気分になる。

それが思いきり顔に出ていたようで、マーヴィンが苦笑するのがわかった。

「なにもクリスティーナを責めたい訳じゃないんだ。けれど君のお父様はギルバートを無視してきた訳だからね。もしも本気でつき合っていると知ったら、どう思うだろう」

「父には先日、手紙を出しました」

「ギルバートと結婚をするって？　果たして君のお父様がそれを許してくれるかな？」

「あっ……」

動けずにいるクリスティーナを抱き寄せながら、不穏なことを言うマーヴィンのせいで身体に緊張が走る。

まさかマーヴィンはギルバートと一線を越えたことを、父に告げるつもりだろうか？

「私とギルバート様のことを父に仰るのですか？」

震える声で言いながらマーヴィンをおずおずと見上げるが、彼は優しく微笑むだけで、クリスティーナの頤をそっと持ち上げる。

「俺を選べば君のお父様も満足するし、仕事も順調に進む筈だよ」

「い、いやっ……！」

口唇を奪われそうになるが、そこでクリスティーナはマーヴィンを渾身の力で押しのけて、椅子から転げ落ちそうになりながらも腕の中から逃げる。

そしてマーヴィンを警戒して一定の距離を保ちながら、彼を真剣な顔で凝視めた。

「できません……私はもうギルバート様のものです。お父様になにを報告されようと、私にはギルバート様しか考えられません」

先ほどまでは言い淀んでいたが、今度こそ毅然《きぜん》とした態度で拒否をした。

確かに芸術に生きるギルバートでは、ウェントワース伯爵家の事業を上手く回すことができないかもしれない。

それでもギルバートを愛してしまったのだ。今更、家の為にギルバートと別れてマーヴィンを選ぶなんて考えられない。

「私にはギルバート様だけなんです。今までずっと隠していてごめんなさい……」

謝るクリスティーナを、マーヴィンはしばらくの間ジッと凝視めていた。

それでも目を逸らさずに、自分の気持ちが揺るがないことを訴えていると、マーヴィンは少し悲しげな顔をしながらも微笑む。

「そう言うと思った。俺はすっかり出遅れたみたいだね」

ふと肩の力を抜くようにして、マーヴィンがいつものように優しく微笑むのを見て、クリスティーナは自分の気持ちが伝わったことを知った。

同時に理解してくれたマーヴィンに申し訳ない気分にもなり、クリスティーナはおずおずと彼を見た。

「ごめんなさい……幼い頃に出会った時から、私はギルバート様に恋をしていました。再会した時も、やっぱり恋をしたのはギルバート様でした」

誠心誠意で謝るクリスティーナを見て、マーヴィンはいっそ清々しい顔で微笑む。

「昔から負けていたんじゃ勝負にならないね。けれど俺もクリスティーナ・シリーズに恋をしていた一人なんだ。そしてクリスティーナに会って、本気で愛したいと思ったんだ」

「ごめんなさい……」

謝る以外どう言葉にすればいいかわからずに、悄然とするクリスティーナの頭をマーヴィンが優しく撫でてくる。

そっと見上げれば、マーヴィンはにっこりと優しく微笑んでいて――。

「失恋した惨《みじ》めな男の我が儘をひとつ聞いてくれないか？」

「……なんでしょう？」

「一度でいいからくちづけをさせてほしいんだ。もちろん口唇にではなく、頬へ親愛のキスをするだけでいい。それですっぱり諦めるから」

「マーヴィン様……」

首を傾げて待っているマーヴィンを、これ以上拒否して傷つけたくないという思いと、これで諦めてくれるという言葉に、クリスティーナは静かに頷いた。

それでもやはりギルバート以外の男性、しかも彼の弟と、いくら頬にでも抱き合ってキスをするのは少々抵抗がある。

俯いたまま動かずにいると、それを了解と取ったのか、そのまま抱き寄せられた。

「愛していたよ、クリスティーナ……どうもありがとう」

「ぁ……」

頤をそっと持ち上げられ、頬にチュッとくちづけられた。

それでもクリスティーナが身を固くして抵抗せずにいると、マーヴィンは口唇の端にもそっとくちづけてきた。

軽く吸われてびくっとしたが、それ以上深いキスをされることはなくマーヴィンの口唇は離れていった。

少し恨みがましい目つきで見上げてみれば、彼は悪戯が成功した子供のように笑った。

「ありがとう、クリスティーナ。これで俺も諦めがついたよ」

「……本当ですか？」

「あぁ、ギルバートとどうか幸せに」

「ありがとうございます……」

最初は警戒していたクリスティーナだったが、マーヴィンが本気で応援してくれているのがようやくわかり、少しはにかみながら微笑んだ。

軽くとはいえ口唇の端にキスをされて戸惑ったものの、これでマーヴィンが諦めてくれるのなら、誰に遠慮することもなくギルバートとの愛を築いていくことができる。

もちろん最大の難関である父の許しがなければ結婚はできないが、今はマーヴィンが身を引いてくれただけでもいいと思えた。

「さぁ、俺は気持ちを切り替える為にしばらく庭を散歩するから、クリスティーナはギルバートの許へ行くといい」

「ありがとうございます」

頷くマーヴィンにお辞儀をして、クリスティーナはギルバートの部屋へと急いだ。

自分のことを諦めてくれたマーヴィンはきっと、ルーカス夫妻と同じように強力な味方になってくれるに違いない。

それをギルバートに早く報《しら》せたくて、ドレスの裾を軽く持ち上げ、階段を駆け上がり、ギルバートの部屋を目指した。

長い廊下を足早に進み、彼の部屋へと辿り着き、逸る気持ちを抑えてノックをする。

「ギルバート様、クリスティーナです」

そわそわと落ち着きなくその場で待っていると、少ししてから扉が開かれた。

それと同時にクリスティーナはギルバートの胸にとび込み、嬉しさを隠しきれずに見上げたのだが、いつもは優しく微笑んでいる彼が、今日に限って冷静な顔で凝視めている。

「ギルバート様？　あの……」

なにか壁を作られているような冷たい空気を感じて、クリスティーナはおずおずと彼から離れようとした。

「どうして逃げるんだ？」

「逃げてなどいません」

「ならば質問を変えよう。僕ではなくマーヴィンを選ぶことにしたのか？」

「どうしてそういう話になるのですか？」

話が飛躍しすぎていて首を傾げるが、ギルバートはますます不機嫌な様子でクリスティーナの腕を引っ張り部屋へと引き込む。

「こちらが質問をしているのに、どうして訊き返す」

「それは、どうして私がマーヴィン様を選ぶと思われたのか不思議で……」

「ここからマーヴィンとクリスティーナが仲睦まじく寄り添ってくちづけをしている場面を見たばかりだからな」

窓を叩く仕草をするギルバートを見て、クリスティーナは慌てて首を横に振る。

「あれは違うんです。マーヴィン様とよくお話をして、私がギルバート様を愛していることを伝えていたのです」

「それでどうしてくちづけを許したんだ？」

「……頬にキスをしたら諦めると仰ったので許しました」

「僕からは口唇にキスをしているように見えたが？」

「それは、その……」

確かにマーヴィンには口の端にキスをされたこともあり、どう説明をしていいのか言い淀んでしまった。

それでも身の潔白を証明しなければ、きっとギルバートは不機嫌なままだろう。

そう思い直したクリスティーナは、不安に震えそうになりながらも、ギルバートをしっかりと見上げる。

「……確かにキスを受けました。ですが、口の端にほんの少し触れただけで、マーヴィン様はすぐに離れていきました」

「それでも僕という者がありながら、口唇を許したなんてね」

「マーヴィン様はふざけていたのです」

「だからといって口唇にキスをされるなんて許せない」

なにを言っても不満をぶつけられ、クリスティーナはほとほと困り果てて、こっそりとため息をつく。

たぶんギルバートはマーヴィンに対して、嫉妬をしているのだろう。

相手が弟だから余計に怒りが強いのかもしれない。

こういう時は、いったいどうしたら許してくれるのだろう？

嫉妬をするギルバートを見るのは初めてで、どう振る舞ったらいいのかわからなかったものの、クリスティーナは戸惑いながらも彼に寄り添った。

「どうか許してください。愛しているのはギルバート様ただ一人です」

「本当にそう思っている？」

「もちろんです」

逞しい胸に擦り寄ると、ギルバートもクリスティーナを包み込むように抱き寄せる。

許してくれたのかと思いそっと見上げれば、彼はまだ不満そうな顔をしていた。

しかしクリスティーナを抱く力はますます強くなっていき、髪に口唇を押し当ててくる。

それを黙って受け容れていたクリスティーナは、ギルバートが嫉妬をしながらも、自分を愛してくれていることを実感し、うっとりとしていたのだが――。

「この程度じゃ治まらない。今すぐクリスティーナが欲しい」

「ですが、今日はマーヴィン様もいらっしゃいますし……」

「僕を愛しているならいいだろう。それとも、嫉妬をする僕には呆れて愛も冷めた？」

「そんな訊き方ずるいです……」

愛を伝えるようにギュッと抱きついた途端、ギルバートに抱き上げられる。

ここで抵抗をしたらまたギルバートの機嫌が悪くなりそうで、おとなしく抱かれたままでいると、そのまま寝室へと連れていかれた。

そしてベッドに下ろされ、おずおずとギルバートを見上げると、彼は少し意地悪な表情を浮かべてニヤリと笑う。

「愛してるよ。けれどマーヴィンに口唇を許した罪は大きい。今日はたっぷりと愛して、クリスティーナが誰のものなのか、じっくり教えてあげよう」

言いながら迫られて、クリスティーナは思わずベッドのヘッドボードに張りついた。

その間にも靴を脱がされ、少しずつ間合いを詰められて首筋に何度もキスをされる。

「だ、だめ……ギルバート様、いやです……」

「なにをそんなにいやがるの？　クリスティーナはもうこれが大好きだろう？」

これが、と言いながら猛る下肢を押しつけられ、クリスティーナは真っ赤になった。

確かにここ最近はギルバートと愛し合ってばかりいて、焦らされると堪らなくなり、自ら欲しがるような言葉を口走ってしまうが、こんなふうにあからさまに言わないでほしい。

「今日はクリスティーナが泣いちゃうくらい、うんといじめてあげるよ……」

「やっ……」

声を潜めて淫らなことを囁かれるだけで、ぞくん、と感じてしまい、肩を竦めるが、ギルバートは僅かに舌を出して耳朶を舐めてくる。

「いや、じゃないだろう？　ここをいっぱいいじめられるのが大好きだもんね？　びっしょり濡れるほど愛してあげるよ……」

「あ、ん……いや……」

ドレスの上から秘所を探り当てられただけで、蜜口がきゅん、と疼くのがわかる。

いつもの交歓でさえクリスティーナにとっては濃厚だというのに、それ以上のことをされたら、いったいどうなってしまうのか考えるだけでも恐ろしい。

これで逃げようとしても、きっとギルバートは許してくれないだろう。

それでも身体が本能的な恐怖を感じて、彼の手が伸びてくるのに合わせて逃げを打つ。

「どうして逃げるの?」

「ご、ごめんなさい……」

謝りながらもベッドのヘッドボードに、背中がくっついてしまう。

そんなクリスティーナを見て笑ったギルバートが、ベッドのヘッドボードに手をついた。

「ぁ……」

逃げ場がなくなり恐る恐るギルバートを見上げれば、どこかうっとりとした表情を浮かべてクリスティーナを凝視めている。

それが逆に恐ろしくて、クリスティーナはびくん、と身を固くして小刻みに震えた。

これからなにをされるのかまったく想像もつかないが、きっとギルバートのことなので、言葉どおりクリスティーナを快楽に沈めるつもりだろう。

そう思うとますます身体が震えて、ギルバートから目が離せなくなっていると、彼は先ほどより意地の悪い顔で舌舐めずりをする。

「逃がさないよ、クリスティーナ……さぁ、お仕置きの始まりだ」

◇◇◇

柔らかな陽の射し込む寝室に、クリスティーナの啜り泣くような蕩ける息遣いと、ちゅく、ぴちゃっと濡れた音だけが響く。

ベッドまで伸びた陽の光がクリスティーナの白い脚と、ギルバートしか見たことのない秘所を明るく照らしている。

「あぁ、あっ……だめ……」

ギルバートによって全裸に剝かれたクリスティーナは、ベッドの冷たいヘッドボードに背中を預け、枕に座った状態で脚を開ききり、時折ふるりと身体を震わせていた。

そしてギルバートは秘所に顔を埋め、先ほどからクリスティーナが涙を流し続けているというのに、飽きもせずに舐め続けていた。

「あっ……あぁ、いや、もういやっ……！」

ちゅるっと淫らな音をたてて興奮に包皮から顔を出している秘玉を舐め啜られ、クリスティーナはベッドのヘッドボードからずるずるとずり落ちる。

それでもギルバートは構わずに秘裂を両手で開ききり、蜜口から秘玉までを一気に舐め上げては、チュッとキスをする。

「んんっ……もういや、いや……ぁ……あぁ……」

宣言どおり泣いてしまうほどの快楽を与えられ、クリスティーナは髪を振り乱しながら首を横に振る。

しかしギルバートはぴちゃぴちゃと粘ついた音をたてながら、舌をひらめかせて秘玉を刺激してきて、その度にクリスティーナは大袈裟なほど腰を振り立てた。

「あぁ、もうだめ……だめなの……もういじめちゃいや……」

「……まだまだ。もっといじめてあげるから、楽しみにしておいで……」

「やっ……あぁ、あっ……やあぁあ！」

ちゅううっと秘玉を吸われるだけでも腰がひくついてしまい、クリスティーナは恥も外聞もなく猥りがわしい悲鳴をあげる。

それが楽しいのか、ギルバートは舌をひらめかせて秘玉を左右にくにくにと転がしては、クリスティーナからさらに甘い声を引き出そうとする。

「あ、あぁ、んっ……んやっ……や、やー……」

まるで子供のように泣きじゃくりながらも、クリスティーナは蜜口を淫らに開閉させる。

その度に愛蜜がこぽりと溢れ出て、枕をびっしょりと濡らすほどだったが、それを気にする余裕もない。

「あぁ、お願いギルバート様……もういや、いやなの……それよりも早く……」

ねだるような言葉を発したが、それ以上は言葉にできずに言い淀むと、ギルバートはふと顔を上げた。

「それより早く……なに？」

「いやっ……わかっているくせに……」

隘路に指を埋められて、くちゃくちゃと淫らな音をたてながら穿たれ、クリスティーナは快楽で小刻みに震えながらもギルバートを熱く凝視めた。

しかしギルバートは楽しげに笑いながら、とぼけた顔をする。

「わからないな。言えないのならもっとここをいじめてあげよう……」

「あっ……だめ、だめぇ……！」

秘裂をぱっくりと開かれて、蜜口から秘玉までを一気に舐め上げられ、クリスティーナは背を仰け反らせた。

クリスティーナがそろそろ限界に近いことをわかっていながら、秘玉を舌先でころころと転がしてから、ちゅるっと吸い込む。

「あっ……っ……あぁっ……！」

口の中で熱心に舐められているうちにまた身体が上り詰めそうになり、クリスティーナは腰をひくん、と突き上げた。

そのせいでギルバートに秘所を押しつけるような格好になり、また秘玉を執拗に舐められてしまい、クリスティーナは首を横に振る。

「んっ……やっ、いや……や、ぁ……あぁぁあっ！」

舐められすぎたせいでぽってりと膨らむ秘玉を、口唇でちゅうぅっと吸われた瞬間、不意に絶頂を迎えて、クリスティーナは腰をびくん、びくん、と跳ね上げた。

息も止まるほどの絶頂に気が遠くなりかけたが、その間もギルバートは蜜口の中に指を挿し入れ、媚壁を捏ねるように擦り上げてくるせいで、気を失うことすらできない。

「あっ……あぁ、あっ……ぁ……あっ……！」

ギルバートの指が隘路を擦り上げる度に小さな絶頂を感じ、クリスティーナは腰を淫らに躍らせる。

「んっ……ゃ……あっ……ぁ……」

これでもういったい何回、達かされたのだろう。

いつになく執拗に絶頂へと導かれ、あまりにも何度も追い上げられたせいで、クリスティーナはもう涙を流しながらしゃくり上げていた。

頭もボーッとしてしまい、この永遠とも思える快楽の時間が早く終わることを願うばかりだった。

「あぁ、もう許して……」

これ以上の刺激を受けたら自分がどうなるかわからず、クリスティーナが涙声で懇願しても、隘路を何度も何度も指で突き上げられる。

「んんっ……あっ、あっ、あぁ、いやっ……」

媚壁を穿つギルバートから逃れようとするが、すぐに引き戻されて敏感になりすぎている秘所を指先でくちゃくちゃと弄られ、クリスティーナは身体をぶるりと震わせる。

そんなクリスティーナを見て、ギルバートは意地悪くクスッと笑うと、指を引き抜いてクリスティーナの目の前に愛蜜に濡れた指を見せつけてくる。

「こんなにたくさん濡らして……クリスティーナも気持ちいいだろう？」

「んんっ……ふ……」

もう充分だと首を横に振るが、ギルバートはクスッと笑って取り合ってくれない。

それどころかさらに興が乗ったようで、閉じそうになる脚をさらに広げる。

「あぁ……」

「遠慮することはない。もっと感じてごらん……」

「あっ……あぁっ、ぃ、いやっ……」

また秘所に顔を埋められて、蜜口から陰唇を舐め上げられ、秘玉を舌で捕らえられたかと思うと、興奮に包皮から顔を出している秘玉をちゅううっと思いきり吸われる。

それがあまりに心地好くて背筋がぶるりと震えてしまい、クリスティーナはいやいやと髪を振り乱して首を横に振った。

それでもギルバートは飽きもせずに秘玉を舐め啜り、口の中へちゅるっと吸い込む。

舌全体を使って敏感な秘玉をザラリと舐められ、その刺激に耐えきれずに腰をがくがくと震わせながら、もう何度目かの絶頂を迎えたクリスティーナは、息も絶え絶えにベッドにずるずると倒れ込む。

触れられていない小さな乳首もぷっくりと膨らみきり、まるで全身が性感帯になってしまったようだ。

ギルバートが足首を掴んだだけでもゾクゾクと感じてしまい、潤んだ瞳から涙がとめどなく溢れてくる。

「いや、もういや……お願い、少し休ませて……」

「いや、じゃないだろう？　もっと気持ちよくなってごらん」

「あぁっ……っ……」

再び舌先がぽってりと膨らむ秘玉を捕らえ、振動を送ってくる。

それが堪らなく好かったが、何度も達った身体は悲鳴をあげるように、舌がひらめく度にびくん、びくん、と大袈裟なほど跳ねる。

「あっ……どうして？　どうしてこんなに意地悪をするのですか……？」

「……わからないのか？」

「んっ……」

なんとか逃げようとするが、すぐに足首を摑まれて元に戻されてしまう。

そして愛蜜を溢れさせる蜜口を舐めて、クリスティーナが腰をひくん、と跳ねさせると、ギルバートはニヤリと笑って――。

「僕の弟と浮気をしたのだから、お仕置きが必要だと言ったじゃないか」

「う、浮気などしていませんっ……！」

「僕という者がいながら、弟とキスをするのは立派な浮気だよ」

「ですが……っ……」

先ほど誤解は解けた筈なのに、それでもまだギルバートは、マーヴィンがした口の端に触れるだけのキスでも許せないのだろうか？

「さぁ、もうマーヴィンとキスをする気にもなれないほど気持ちよくしてあげるから、クリスティーナはただ感じていればいい……」

「あっ……い、いやっ……もういやっ……！」

これ以上秘所を舐められていたらどうにかなってしまいそうで、クリスティーナは必死になって身体を捩り、ギルバートの拘束から逃れた。

そして力の入らない腰を引き摺ってベッドから下りようとするが、背後からギルバートが覆い被さってきた。

「ベッドよりもっと刺激的な場所でしたいのか？」

「ち、違います……」

「遠慮することはない。こちらへおいで」

「あぁっ……」

背後から抱き上げられたかと思うと、そのままベッドから引き摺り下ろされた。

いったいどこへ行くつもりなのかと思いつつも、力の入らない四肢をばたつかせて抵抗していると、ギルバートはそれを容易く封じ込めて天井まである窓へと近づいた。

「あっ……っ……」

冷たい窓ガラスに双つの乳房を押しつけられ、びくっと身を固くしたクリスティーナは、そこでおずおずと目を開いた。

見れば三階から庭を見下ろすことができて、先ほど別れたマーヴィンが散歩をしている姿がはっきりと見える。

「ギルバート様……」

「いい眺めだろう?」

まさかという思いで恐る恐る振り返ると、ギルバートはニヤリと笑いながら熱く滾る熱を蜜口に押しつけてくる。

そしてなんの合図もなく一気に押し入ってきて、クリスティーナは窓に手を当てたまま声なき声をあげた。

「……っ……ぁっ……！」

「フフ、あっさりとのみ込めて偉いね……ッ……すぐに持っていかれそうだ……」

「あぁっ……！」

　何度も何度も達かされたせいか、蜜口は悦ぶようにギルバートを受け容れてしまい、媚壁が絡みつくのがわかる。

　そんな自分の淫らさに嫌気が差すが、クリスティーナより身体を知り尽くしているギルバートにかかれば、あっという間に身体に火が点いてしまう。

「ここからだと庭がよく見渡せるだろう？　僕のクリスティーナがマーヴィンとキスをしている姿もよく見えたよ。今こうして愛し合っている僕たちの姿も、マーヴィンに見えるかもしれないな……」

「い、いや……ぁ……あっ、あぁ、あっ、あっ、あっ、あっ、あぁ……！」

　喘ぎながらもなんとかギルバートの誤解を解きたくて、クリスティーナは違うのだと首を横に振り立てた。

　しかしギルバートは構わずに腰を進めてきて、クリスティーナから蕩けきった声を引き出しては、楽しげにクスッと笑い、媚壁の感触を楽しんでいる。

「あぁ、素敵だよ、クリスティーナ……そんなにここでするのが好い？」

「んんっ……いや、いやです……」

「嘘をついてはいけないよ……いつもより感じているじゃないか」

「あぁ……っ……」

確かに媚壁がいつもより早く熱い楔にねっとりと絡みつき、奥へ誘おうとしている。そこをずくずくと突き上げられると、窓ガラスに押し潰された小さな乳首が、冷たいガラスに擦れて余計に感じてしまう。

「あっ、あぁ、あっ、あっ、あっ、あ……！」

「そんなに喘いでいたら、マーヴィンが気づいてしまうよ」

「んっ……っ……」

ギルバートの言葉にハッと我に返り、クリスティーナは口唇を引き結んだ。

ガラスに張りついてギルバートを受け容れている淫靡な姿を、マーヴィンが気づいたらと思うと気が気ではない。

「どうしたの？　もっと素直に声に出せばいいのに……」

「んっ……っ……」

ギルバートが唆《そそのか》してくるが、声を必死で押し殺して首を横に振る。

すると彼はクリスティーナが最も感じてしまう媚壁の一点を狙いすましてずくずくと擦り上げてきた。

「んっ……ふ……っ……ぁ……あぁ……あっ、あっ、あぁ……」

好い箇所を烈しく穿たれているうちに、堪えきれずにまた声が洩れ始めてしまい、突き上げられる度に蕩けきった声があがる。

「あぁっ……あっ、んんっ、あっ、あっ、だ、だめ……こんなのいや……」

「この姿に気づいたら、マーヴィンも諦めたことを後悔するかもな……クリスティーナがこんなに淫らな身体をしているなんてね」

まるでマーヴィンに見せつけるように、身体が上下するほど烈しく揺さぶられ、クリスティーナは窓ガラスに手をついていやいやと首を横に振る。

「いや、見られたら私……」

「もっと感じちゃう？」

「んやぁっ……！」

そんなことはないと首を横に振るが、マーヴィンが気づいたらと思っただけで、媚壁が熱い楔にねっとりと絡みつく。

もちろんギルバートも気づいているようで、さらに烈しく穿ってくる。

「なんだ、僕のクリスティーナは、案外露出狂の気があるのかもな……」

「あぁ、そんなこと……」

「このマシュマロみたいなバストだけでなく、クリスティーナの一番恥ずかしい場所も見せてあげよう……」

「あっ、あぁ……いや、いやっ……！」

腰を掴んでいた手に膝裏を掬われたかと思うと、ギルバートを深く受け容れたまま脚を大きく開く形を取らされる。

そして熱くて太い楔が出たり入ったりする様子が、窓ガラスにうっすら映り込むのを見て、クリスティーナはあまりの羞恥に目眩を起こしそうになった。

「あぁ、もう許して……」

それでもギルバートは許してくれず、ずちゅくちゅと淫らな音をたてて何度も何度も穿ってきて、クリスティーナは堪らずに窓ガラスに爪を立てた。

しかし背後から烈しい律動を送られると、縋ろうとしていた窓ガラスに手をつくことしかできなくて——。

「あっ、んんっ……あっ、あぁ、あっ、ん……だめ……」

「とてもだめとは思えないな……わかる？　僕に絡みついて吸いついてくる……」

「あぁ、い、いや……」

そんなことはないと首を横に振るが、確かに媚壁はクリスティーナの意思とは無関係に、ギルバートを迎えて悦ぶようにねっとりと吸いついている。

もっと奥へと誘うような素振りもしてしまい、自分で自分がいやになる。

「あぁ、だめ……もうだめ……」

「そんなにつれないことを言わずにもう少し楽しもう……ッ……」

「んっ……」

最奥をつつかれるのも好かったが、浅い場所でくちゃくちゃと音をたてて擦り上げられるのも好くて、身体が一気に燃え上がる。

堪らずに腰がギルバートの動きに合わせて動いてしまい、クスッと笑われる。

「もっと好くなってきちゃった？」

「やっ……言わないで……」

目をギュッと瞑っていやいやと首を横に振りながらも、腰が拙《つたな》いながらもギルバートの動きに同調する。

するともっと好くなってしまい、クリスティーナは夢中になって腰を使った。

「あ、ん……んんっ……あっ、あっ、あっ……ん……」

「ごらん、僕らの姿がよく映ってる……」

「あっ……」

ふと前を向けば、目の前には日が傾いてオレンジ色に染まる庭が広がっていて、自分があられもない姿でギルバートに抱かれている姿が、窓ガラスにうっすらと映っている。

「マーヴィンもそろそろ気づいたかな？」

「やぁっ……！」

もしもマーヴィンに気づかれたらと思うだけで、身体が竦み上がる。

隘路もきゅっと締めつけるが、ギルバートは構わずに穿ってくる。

それが好くて、そのうちにクリスティーナも行為に夢中になっていった。

「あっ……あっ、あっ、あぁ、あっ……」

熱い楔で媚壁を擦り上げられる度に、せつない感情が湧き上がってきて、ガラス窓についた手に力がこもる。

窓ガラスがガタガタと音がたつほど烈しい律動をされても、もうそれを気にする余裕すらなくなって、腰の奥から濃密な快感の波が襲ってくるのを感じ、ギルバートを振り返る。

「あ、あぁ……あっ、あっ、あぁ、んっ……お願い、私もうっ……」

「達くのか？　いいぞ、このまま一緒に……ッ……」

腰を摑み直されたかと思うと、最奥まで一気に押し込まれて、また勢いよく出ていくのを繰り返される。

「あぁ……あっ……あっ……あぁっ！」

それが堪らなく好くて、クリスティーナもさらに腰を淫らに使い、ギルバートの動きについていく。

最初はバラバラだった動きがひとつになるとさらに好くて、頭の中で閃光《せんこう》が走るような感覚がした。

そして快感の波が押し寄せてくる度に、四肢が強ばり始めて、クリスティーナは縋る物を探して窓ガラスに手を這わせる。

「クリスティーナ……ッ……」

「あっ……あぁ、んっ……んんっ、あっ、あっ、あぁ、あ、や……！」

「あぁ、本当に素直で可愛い。堪らないよ」

「あっ、んん……っ……あ、やあぁぁあっ！」

耳許で囁かれた瞬間、ぞくん、と感じて、クリスティーナは全身を震わせながら、深い絶頂を感じて達してしまった。

その時の締めつけが好かったのか、ギルバートも遅れて達し、一気に抜け出ていった。

「ぁ……」

ぱたぱたっという音と共に、窓ガラスに白濁が飛び散り、雫がゆっくりとたれていく。

それをぼんやりと凝視めているうちに、ギルバートがクリスティーナを背後から抱きしめ、髪や頬にキスをしてくる。

「素敵だったよ、クリスティーナ……愛している」

「ん……」

愛を囁かれてそれに応えようと思ったが、荒淫に疲れ果てた身体が悲鳴をあげて、クリスティーナはそのままがくりと意識を失ったのだった。

◇第四章　幸福の足音◇

午後の陽が射し込むテラスルームで、クリスティーナはアリスンと一緒にフランス刺繍をしていた。

テーブルに飾られた美しい薔薇をモチーフにして、刺繍針をせっせとシルクの布に刺していたのだが――。

「痛っ……！」

刺繍針が指に刺さってしまい、クリスティーナは怪我をした指を口にやる。

その様子を見ていたアリスンは、困ったようにため息をつく。

「クリスティーナったら、もう何度目？　そんなにイライラしながら刺繍をしていたら、指が穴だらけになっちゃうわ」

「イライラなんてしてないわ」

「あら、そうかしら？　刺繍もぜんぜん進んでいないようだけれど」

アリスンの言葉にクリスティーナは自らの作品に視線を落とし、重いため息をつく。

「今日はもうやめておくわ」

さんざんな出来の作品を見て諦めたクリスティーナは、シルクの布をテーブルに置く。

そして不機嫌な顔のまま、ティーカップに手を伸ばした。

「……なにがあったかわからないけれど、いい加減に許してあげたら？」

「別にケンカなんかしていないわ」

「あら、そうかしら？　ギルバートとぜんぜんお話ししていないように見えるけれど」

「だって、ギルバート様が悪いんですもの」

あの日、マーヴィンとの浮気を疑われて、誰が見ているとも知れない窓辺で、お仕置きと称して恥ずかしい交わりをしてから、クリスティーナはギルバートに対して怒っていた。

彼にとってあの交歓はいつもの延長なのかもしれないが、クリスティーナにとっては、愛を確かめ合う為の行為なのに、あんなに恥ずかしい思いをさせられるなんて、ショック以外のなにものでもなかった。

（ギルバート様は私のことを、都合のいい人形のように思っているのかしら……）

最初の出会いから再会までの間に、わざわざフランスの人形師に師事をして、自分とそっくりなビスク・ドールを何十体も作っていたことを考えると、自分を生きた人形のように思っているのではないかと勘ぐってしまう。

（そもそもどうして私のことを好きになったのかしら……）

子供の頃からまるで人形のようだと言われていたが、もしかしたらギルバートも、自分が人形のように見えたから好きになった？

そこは理解するが、人形に自分の理想を投影しすぎて、今のクリスティーナより人形のほうがいいと思っているのではないだろうか？

（ギルバート様にとって、私はただの動いてしゃべる人形？）

そう思ったらなんだか途端にギルバートが、遠い存在に思えてきた。

愛されている筈なのに、果たしてギルバートは今の自分を本当に愛しているのか、それとも、人形のようだと言われていた幼い頃の自分を愛しているのかわからなくなってきた。

（疑う訳ではないけれど……）

そうは思うものの、なんだか昔の自分のほうをより愛しているように思えてきて、不安な気持ちがどんどん大きくなる。

（私はどこまでいっても人形には勝てないのかしら……）

あの翌日にギルバートが様子を見に来た時も追い返し、それからというもの彼が話しかけてきても返事をしないでいたが、このまま意地を張っていたら、可愛くない今の自分に興味がなくなるかもしれない。

そう思ったらどんどん不安になってきて、クリスティーナはまた重いため息をついた。

「クリスティーナ……」

アリスンが心配そうに声をかけてくるが、それに反応することもできずに俯く。

彼女だけでなく、オルコック伯爵家のみんなが心配してくれているのはわかっているが、怒っている原因を話すことなどとてもではないができない。

かといって自分の中で上手く処理しようとしても、なかなか上手くいかなくて、クリスティーナはすっかり元気がなくなってしまった。

「マーヴィンが身を引いて、二人の今後を応援してくれるようになったのに、肝心のクリスティーナがギルバートに怒っているなんて、どうしたらいいのかしら」

アリスンが困り果てたようにため息をつくが、今回ばかりはどうしたらいいのかわからなくて、クリスティーナは口唇を噛みしめる。

もちろんギルバートのことは、心から愛している。

しかしいくら愛しているからといって、なにもかも許せるかといえばそんな訳もなく怒っていたが、今の自分を愛しているのかわからなくなった今、不安のほうが先に来た。

それにさすがに五日間も口を利いていないのは、寂しいものがある。

最初の頃は本気で怒っていたが、今はタイミングを逃して話せなくなっているという状態なので、なにかきっかけさえあれば、クリスティーナも許すつもりではいるのだが——。

最近はギルバートも静観しているだけで、仲直りをするきっかけを作ってくれず、こうしてずるずると話さないまま日々が過ぎてしまっている、というのが現状だ。

それがもしも、今のクリスティーナに幻滅しているから話しかけてくれないのだとしたら、この先いったいどうしたらいいのだろう。

「アリスン、私もうどうしたらいいのかわからないわ……」

「元気を出して。そんなに悲しい顔はクリスティーナには似合わないわ」

優しいアリスンの励ましを聞いても上手く笑えず、涙を堪えている時だった。

「やぁ、ただいま、アリスン」

「おかえりなさい、ルーカス」

珍しく仕事が早く終わったのか、ルーカスがテラスルームにやって来て、アリスンの肩に手をかけてキスをする。

アリスンもにっこりと微笑んで受け容れ、ルーカスが隣に座ると肩に頭を預ける。

その仲睦まじい姿がとても羨ましく思えて、クリスティーナは二人から目を逸らす。

「ルーカス、二人が仲直りするなにかいい方法はないかしら？」

「クリスティーナとギルバートのことは、犬も食わないなんとやらだから、そのうちに仲直りするだろう」

ルーカスはまったく関知しないというように、アリスンの頬にキスをする。

しかしアリスンはキスをしてくるルーカスの顔に手をやり、真剣な顔で彼を見る。

「けれどクリスティーナがとても悲しそうで、見ていられないわ」

「確かに元気がないな。放っておくつもりでいたが、弟の失態をこのまま見て見ぬ振りをすることもできないし、今晩のディナーはクリスティーナの好きなメニューにしよう」

「とても食事をする気になれません……」

「大好物を食べれば、きっと元気が出るわ。素敵なディナーにしましょうね」

にっこりと笑うアリスンに僅かに微笑んだクリスティーナは、二人の厚意に感謝した。

大好物ばかりのディナーを食べることで、ギルバートと仲直りできるとは思えないが、確かに大好きな料理を食べたら、少しは元気が出るかもしれない。

「よし、そうと決まればディナーの準備をしよう。クリスティーナ、今夜はとっておきのドレスで着飾るといい」

「わかりました」

ルーカスの言葉に素直に頷いて、テラスルームから自分の部屋へと戻る。

途中ですれ違ったメイドにドレスの準備を頼み、クリスティーナはディナーの前にシャワーを浴びる。

（綺麗に着飾ったら、ギルバート様も私に話しかけてくださるかしら……）

そんなことを思いつつ、薔薇の香りがする石鹸で身体を入念に洗い、いつもより時間をかけてシャワーを浴び、バスローブを着て自分の部屋のリビングに戻ると、途端に新鮮な薔薇の香りがした。

テーブルの上を見てみれば、そこには真っ赤な薔薇の花束がある。

「これはいったいどうしたの？」

ドレスの準備をしてくれていたメイドに尋ねると、彼女はにっこりと笑う。

「先ほどギルバート様より届けられました。とても素敵な花束ですね。ドレスの着つけをしましたら、すぐに飾ります」

「ギルバート様が……」

花束を手にしてみれば、甘い薔薇の香りに包まれて、それだけで幸せな気分になれる。

よく見てみれば花束にはメッセージカードも添えられていて、それを開いて読んでみた。

『愛するクリスティーナへ。

今宵のディナーはどうか僕にエスコートさせてほしい』

短い文章ではあったが、ギルバートの気持ちが伝わってくるようで、クリスティーナの胸は熱くなった。

（ギルバート様も私と話せずにいて、不安だった？）

そう思ったらなんだかギルバートが愛おしく思えてきて、クリスティーナは微笑んだ。

同時にホッとしている自分もいて、素直にエスコートを頼もうと思えた。

「さぁ、クリスティーナ様。髪を乾かしましたら、こちらのドレスに着替えましょう」

「一番好きなドレスだけれど、ギルバート様は気に入ってくださるかしら？」

「この水色のドレスを着たクリスティーナ様は、誰よりも輝いて見えますし、ギルバート様もきっとまた恋に堕ちてしまいますわ」

メイドの言葉に微笑んだクリスティーナは、さっそくドレッサーに着き、メイドに髪を乾かしてもらいながら、絹糸のような髪を梳く。

そして化粧を施し、水色のリボンで髪を飾り、お気に入りのドレスに袖を通す。

「素敵ですわ、クリスティーナ様。それでは私はこれで失礼致します」

「どうもありがとう」

去っていくメイドにお礼を言って、クリスティーナは姿見の前へ移動した。

完璧に着飾れた自分へにっこりと微笑み、最終チェックをしながら、ギルバートの到着を待っていると、それからほどなくしてノックをする音が聞こえ、彼が姿を現した。

「ギルバート様……」

「綺麗だよ、僕のクリスティーナ。どうか入室する許可がほしい」

扉の前から動かずに、こちらをジッと凝視めているギルバートに、クリスティーナは静かに微笑んだ。

せっかくギルバートがきっかけを作ってくれているのだ。それに乗らない手はない。

「どうぞ入ってきてください」

「どうもありがとう、クリスティーナ」

「こちらこそ……素敵な花束をありがとうございました」

頬にチュッとキスをされて、クリスティーナはにっこりと微笑んだ。

しかし次の瞬間、真剣な顔でギルバートを見上げる。

「仲直りをする前に、ひとつだけ訊いておきたいことがあります」

「なんだ？」

「ギルバート様は昔の人形のような私と、今の私、どちらを愛しているのですか？」

「そんなこと……今のクリスティーナを愛しているに決まっているじゃないか」

もしかしたらそんな質問をしたら、戸惑うのではないかと思ったが、断言してもらえたことで心からホッとできた。

「それは本当ですか？　昔の私が人形のようだったから、それを再現する為に人形を作っているのですよね？」

「人形を通してクリスティーナを見ていたのは確かだ。だが、それは以前の話だよ」

「以前のお話？」

「あぁ、再会した瞬間から、動かない人形よりクリスティーナに夢中で、新しい人形作りも手がつかないほど今のクリスティーナを誰よりも愛しているんだ」

自分の最高傑作であるクリスティーナ・シリーズも、本物のクリスティーナと再会してからは、新しい人形はひとつも完成していないのだと、ギルバートは苦笑する。

「会えないクリスティーナを想って人形には僕の理想を注ぎ込んでいたけれど、会ってより魅力的になったクリスティーナを前にしたら、もう人形作りにも興味がなくなってね」

どんなに人形を作ろうとしても、今のクリスティーナを前にしたら、その魅力を表現できないくらい表情がくるくると変わって、それからは作りかけの人形を完成させるだけで精一杯だったのだとギルバートは語る。

「では、私を人形のように思っている訳ではないのですね？」

「もちろんだよ。こんなに愛らしい人形などいるものか。この前のあれはやりすぎた。謝るからどうか許してくれ」

「……本当に悪いと思ってます？」

もうとっくに許しているが、怒った振りをして訊いてみると、ギルバートは珍しく困った表情を浮かべる。

それがおかしくて笑いが込み上げそうになるが、怒ったポーズを続けて背中を向ける。

「悪のりをして本当にすまなかった。どうか許すと言ってくれ」

「…………」

「クリスティーナ……こちらを向いてくれないか？」

いつも余裕な態度でいるギルバートが弱りきった声で懇願するのがおかしくて、堪えきれなくなったクリスティーナは肩を震わせた。

それが泣いているように見えたのか、ギルバートは慌てたように両肩を包み込んで顔を覗き込んできた。

そしてクリスティーナが笑いを堪えているのを見て、珍しく目を見開く。

「もう許しています。びっくりしましたか？」

「……僕を試したね？」

「怒ってます？」

「クリスティーナが許してくれるなら水に流すよ」

背後からすっぽりと抱きしめられて、クリスティーナはクスクス笑いながらギルバートに身体を預けた。

その途端に髪にチュッとキスをされて、ギュッと抱きしめられる。

「人を好きになったことがない僕が夢中なんだ……どうか仲直りしてくれないか？」

「もちろんです。私こそ意地を張ってしまってごめんなさい」

「そんなクリスティーナも愛している」

「ギルバート様……」

振り返ってみれば、ギルバートは蕩けそうな笑みを浮かべて優しく微笑んでいる。

それが嬉しくてクリスティーナも微笑むと、口唇にチュッとキスをされた。

くすぐったさにクスクス笑うが、飽きもせずにまた何度もキスをされて、クリスティーナもそれに応えた。

そのうちにお互いに向き直り、じゃれ合うようなキスだけでなく、徐々に深いキスを仕掛け合う。

「ん……」

口唇を柔らかく食まれて吸い上げられるだけで、心まで甘く蕩けてしまいそうだった。

その感覚を味わってもらいたくて、クリスティーナも彼のそれを柔らかく吸い返す。

そんなキスを続けているうちに口唇が甘く痺れてきて、僅かに吐息を洩らすと、まるでその時を待っていたかのようにギルバートの舌が潜り込んできて、舌先をそっと舐める。

「んふ……っ……」

焦れったいようなくすぐったい感覚に、ぞくりと震えているうちに、舌を搦め捕られて思いきり吸われた。

「ぁ……ん……」

ザラリとしているのに柔らかな舌がひらめいて、クリスティーナのそれを優しく愛撫してくると、それだけで上り詰めそうになり、口唇を振り解く。

「ん……これ以上はだめです……」

吐息と吐息が絡むほど近くで囁くが、ギルバートは口唇を何度も何度も押しつけてくる。

「本当にだめ……みなさんが待っているから……お願い……」

「残念。もっとクリスティーナを味わっていたかったのに……」

クリスティーナも同じ気持ちだったが、ディナーが控えていることを考えると、これ以上先に進むのは躊躇《ためら》われて、ギルバートの逞しい首筋に顔を埋めてほぅ、と息をつく。

仲直りのキスは蕩けるように甘く、とても満たされた気分になれたのだ。

クリスティーナの髪を撫でながら、ギルバートは懲りもせずに髪にキスをしている。

それをうっとりと受け容れつつ、クリスティーナはにっこりと微笑んだ。

「素敵な花束をどうもありがとうございました」

「気に入ってくれたか？」

「はい、とても嬉しいです」

ギルバートを見上げてとても嬉しそうに微笑むと、彼も嬉しそうに微笑み、おでこにチュッとキスをしてくる。

「ならば今度は部屋を埋め尽くすほどの薔薇を贈ろう」

「想像すると素敵ですが、薔薇に埋もれてしまうので遠慮します」

「では今度はクリスティーナがもっと喜ぶ物を贈ると約束しよう」

「あの花束以上に喜べる物が思いつきません」

冗談半分で言っているのがわかっているので、クリスティーナも微笑みながら答えたが、ギルバートはそこで得意げに笑った。

「僕のクリスティーナなら、絶対に喜んでくれる品を用意するよ」

そこまで断言されると気になってきて、クリスティーナは首を傾げる。

冗談だと思ったのに、いったいなにを贈ってくれるというのだろうか？

「なにを贈ってくださるのですか？」

「それはまだ秘密だ。それよりみんなが待っている。ダイニングルームへ急ごう」

楽しげな様子で言いつつも、ギルバートはクリスティーナの腰を抱いて部屋を出る。

その態度が気になったものの、みんなを待たせる訳にはいかず、おとなしくエスコートされてダイニングルームへ向かうと、そこには既に全員が揃っていた。

そして仲睦まじく揃ってやって来た二人を見ると、みんな笑顔で出迎えてくれた。

「やれやれ、ようやく仲直りしたか」

「俺はどうせすぐに仲直りすると思ったけどね」

「良かったわね、クリスティーナ」

口々に言われて照れくさいものがあったものの、ギルバートと顔を見合わせてから、クリスティーナはにっこりと微笑んだ。

「ご心配をおかけして申し訳ございませんでした」

「心配してもらわなくても、見てのとおり仲直りしたよ」

「あら。クリスティーナのお部屋へ行くまでは、お葬式へ行くような顔をしていたのに」

強がりを言うギルバートを見て、クスクス笑いながら種明かしをするアリスンを、彼は恨みがましい目つきで睨んだ。

しかしすぐに気を取り直したように、平然とした顔をする。

「愛するクリスティーナを失うかもしれなかったんだ。僕だって必死になるさ」

「つまりはそういうことだな。さぁ、少し遅くなったが、今宵はクリスティーナの為のディナーだ。思う存分楽しもう」

ルーカスがその場を収めることで普段の落ち着きを取り戻し、クリスティーナもギルバートにエスコートされて席に着く。

それを待っていたかのように使用人たちが冷やされたシャンパンとオードブルを運んできて、各々のフルートグラスにピンクゴールドに輝くロゼのシャンパンを注ぎ入れる。

グラスの底から立ち上る細かい泡が美しく、その様子を見ているうちにルーカスがフルートグラスを掲げる。

「では、ギルバートとクリスティーナの仲直りに乾杯」

クリスティーナもグラスを掲げ、それからひと口だけシャンパンを飲む。

ドライすぎず深く華やかなベリーを思わせる味わいが口の中に広がり、とても美味しい。

「美味しい……」

「ルーカスも今日ばかりは、とっておきのシャンパンを出してくれたようだ」

「アリスンと楽しもうと思ってフランスのシャンパーニュ地方から取り寄せた一級品だからな。みんな心して味わえよ」

あまりに美味しくて二杯目に突入していたクリスティーナは、慌ててアリスンを見た。

しかし彼女はにっこりと微笑んで、フルートグラスを掲げてくる。

「みんなで飲んでも美味しいわ。今夜は楽しみましょう」

「アリスンのお許しが出たなら俺も遠慮なく飲ませてもらおう」

「こら、マーヴィン。あまり調子に乗らないようにな」

「はいはい、わかってます」

わざとおどけて言うマーヴィンがおかしくて、クリスティーナとアリスンは顔を見合わせてクスクス笑った。

それからスモークサーモンやアスパラガスのマリネ、それに野菜のテリーヌなど。

大好物ばかりで彩られた前菜を食べつつも、みんなとの会話も楽しみながら、いつになく美味しいシャンパンも楽しんだ。

そしていよいよ食欲も増してきたところで、やはりルーカスが秘蔵している華やかでいながらドライな味の白ワインに切り替え、大好物のマッシュルームのスープを飲み、バターの香りも芳ばしい舌平目《したびらめ》のムニエルを食べる。

それから濃厚な蜂蜜を思わせる味の赤ワインと共に、メインの鴨フィレ肉のカシスソースに、スチームブロッコリーを食べたところでとても幸せな気分になれて、クリスティーナはにっこりと微笑んだ。

「大好物ばかり食べた感想は？」

「とても幸せで、ものすごく元気になれました」

ギルバートを見上げて答え、それから今日のディナーを主催してくれたルーカス夫妻にも微笑みかける。

「私の為にどうもありがとうございます」

「クリスティーナが元気になれたなら、私たちも嬉しいわ」

「では食後のチーズとデザートはリビングルームで楽しもう」

ルーカスの声に全員が立ち上がり、リビングルームへと移動をする。

そして革張りのソファに思い思いに座り、ワインと共に蜂蜜をかけたブルーチーズやカマンベールチーズを少しだけ楽しむ。

「クリスティーナ」

隣に座るギルバートが、蜂蜜をかけたブルーチーズを口許に持ってくる。

小さなピースだったのでそれをひと口で頬張り、クリスティーナは白ワインと共に楽しんでから、ギルバートの肩に頭を預ける。

「もう飲めません……」

少し酔ったせいでとろん、とした目つきでギルバートを見上げると、彼はクリスティーナからワイングラスを取り上げた。

「もう紅茶にしたほうがいい。デザートはクリスティーナの大好物のピーチ・メルバらしいから、食べられなかったらもったいない」

「はい、私はもう紅茶とデザートにします」

ピーチ・メルバは最近流行しているデザートで、ロンドンでも格式のあるサヴォイホテルの料理長が、オペラ歌手のネリー・メルバの為に作り出したデザートらしいのだ。

桃のコンポートにラズベリーの甘酸っぱさがプラスされ、バニラアイスがそれらをまとめていて、一度食べたらとても気に入ってしまい、それ以来クリスティーナのお気に入りのデザートになっている。

それをさっそくヘクターに運んできてもらい、アリスンと一緒に味わう。

甘酸っぱくて濃厚なのに、後味はさっぱりとしたそれを食べつつ、アリスンとおしゃべりをしていたクリスティーナは、腰を抱くギルバートを見上げたのだが――。

なぜか彼はどこか落ち着きなく、そわそわしているように見えた。

しかもクリスティーナが凝視めていることに気づくと、作った笑みを浮かべる。

「どうかしたのですか？」

「いいや、なんでもないよ」

「ならばいいのですが……ギルバート様もどうですか？」

「ひと口だけもらおう」

頬が落ちるほど美味しいのに男性陣はデザートを辞退したこともあり、スプーンに掬って口許へ持っていくと、ギルバートは素直に口を開く。

そしてよく味わってから彼は何度も頷き、それからにっこりと微笑んだ。

「美味しいですよね？」

「あぁ、とても美味かった。せっかくの大好物をくれたクリスティーナにお礼がしたい」

「お礼だなんて」

たったひと口あげただけなのに大袈裟すぎるギルバートにクスクス笑い、それでもクリスティーナは食べ終わったグラスをテーブルに置いて、彼に向き直る。

「どんなお礼をしてくださるのですか？」

なにをしてくれるのか楽しみにしていると、ギルバートはおもむろに床に跪いた。

「ギルバート様……？」

「実はクリスティーナにプレゼントがあるんだ」

「先ほど素敵な薔薇を頂きました」

真っ赤な薔薇の花束は、メイドに頼んで部屋に飾ってもらうことになっている。

きっと部屋へ戻ったら、素晴らしい芳香が漂っている筈だ。

「それよりもっと受け取ってほしい物があるんだ」

「受け取ってほしい物……？」

訳がわからず首を傾げるが、ギルバートはとっておきの笑みを浮かべてクリスティーナの頬を包み込む。

そしてその手が首筋を撫でて肩を滑り、左腕を撫で下ろしたかと思うと、そのまま左手を取られた。

「ギルバート様？　あの……」

「誰よりも愛している、クリスティーナ。どうか僕の気持ちを受け取ってほしい」

そう言いながら指先にキスをしたかと思うと、ギルバートはクリスティーナの薬指に大粒のサファイアの指輪を嵌めて、その手をそっと撫でてくる。

「これは……」

「幸せにすると誓う、クリスティーナ。僕と結婚してくれる？」

「ギルバート様……」

左手をギュッと握られたままプロポーズを受けて、クリスティーナはただでさえ大きな瞳を見開いた。

戸惑いながら周囲を見渡せば、ルーカス夫妻もマーヴィンも微笑みながら頷いていて、改めてギルバートを凝視める。

見ればギルバートは蕩けそうな笑顔を浮かべて、クリスティーナの答えを待っている。

「返事は？　クリスティーナ」

「ぁ……もちろんです。私も愛しています。どうか私をお嫁さんにしてください」

父の顔がちらついたが、逞しい胸にとび込みながら答えた瞬間、ギルバートは嬉しそうに抱き留めてくれて、すっぽりと抱きしめてくれる。

「ありがとう、クリスティーナ。これからは家や仕事のことも任せて」

「本当ですか？　ですが人形制作はどうするのです？　私はギルバート様の作る人形が大好きです。ですから家のことで今までの活動をやめてほしくないです」

「そんなことを言うのはクリスティーナだけだよ。僕を唯一理解してくれてとても嬉しい。だからこそ余計にウェントワース伯爵家の為に役に立ちたいんだ」

それに以前言ったように、もう人形は作れないから安心して任せてほしいと微笑まれ、クリスティーナもようやく納得した。

辺りを見回せばルーカス夫妻が拍手をしてくれて、マーヴィンも指笛を鳴らす。

全員に祝福されているのだと思えば余計に嬉しくて、満面の笑みを浮かべた。

もちろん家のことを思えば、簡単に返事をしてはいけないのはわかっているが、今だけはそれを忘れて幸せに浸りたい。

「こんなに素敵なエンゲージリングをいつの間に用意していたのですか？」

プラチナの輝きも美しい大粒のサファイアの指輪を改めて凝視め、クリスティーナが見上げると、ギルバートは頬にチュッとキスをしてから頭を抱き寄せる。

「台座は今風に変えたけれど、このサファイアは我が家に代々伝わっている物なんだよ」

「だとしたらアリスンが所有するのが本来なのでは……」

「私はお義母様から別の指輪を受け継いでいるから大丈夫よ」

「けれど……」

それでもアリスンに所有権がある気がして心配していると、ルーカスがアリスンを抱きしめながら微笑む。

「これは母からの贈り物だから、安心してもらうといい。次に結婚を決める息子の花嫁の為に、母が置いていったんだよ」

「では、これは私が頂いてもいいのです、か？」

「あぁ、もちろん。これで全面的に許してくれるか？」

不安そうに凝視めるギルバートを見て、少しだけ恨みがましい目つきをしたものの、次の瞬間ににっこりと微笑み、彼に抱きついた。

「もしかして先ほど言っていたプレゼントというのは、これのことだったのですか？」

「そうだと言ったら？」

「こんなに大切な物をどうもありがとうございます」

感謝の気持ちを込めて寄り添うと、ギルバートは髪や頬に柔らかなキスをしてくる。

「僕の心にはクリスティーナが中心にいるんだよ。それは呼吸をするのと同じくらい当たり前のことで……上手く伝わってないかもしれないけれど、どうか僕を信じてほしい」

甘く囁かれた言葉にしっかりと頷いて見上げれば、ギルバートは嬉しそうに微笑み、また頬に何度もキスをする。

くすぐったくてクスクス笑っていると、マーヴィンが呆れたように肩を竦めてみせる。

「ギルバートがここまでロマンティストだと思わなかった。これは確かに僕の負けだ」

「うふふ、大丈夫よ。マーヴィンにもすぐに素敵な女性が現れるわ」

「だといいけどね。あ～あ、僕も早く彼女を見つけないと」

おどけて言うマーヴィンにみんながクスクス笑い、とても幸せな気分になれたクリスティーナはギルバートと微笑み合う。

マーヴィンがすっかり立ち直ってくれていて、心からホッとできたのだ。

そしてクリスティーナは大粒のサファイアの指輪をうっとりと撫でながら、感謝の気持ちを込めて初めて自らギルバートにキスをしたのだった。

◇◇◇

ギルバートのプロポーズを受けた食後の団欒もお開きとなり、少し酔っているクリスティーナは、ギルバートにエスコートされながら部屋へと向かっていた。

その間、片時も離れたくないとばかりにお互いに寄り添いながら歩いてきた二人は、クリスティーナの部屋に着くなり嚙みつくような情熱的なキスをしつつ寝室を目指した。

最高の幸せを共有したい思いがあり、ベッドへとび込むように傾《なだ》れ込み、キスをしてはお互いの服を脱がせ合う。

「んっ……」

「僕を受け容れてくれてありがとう、クリスティーナ……」

「私こそ……私でもいいのですか？」

「もちろん。クリスティーナがいいんだ」

お互いに服を乱していくが、気が急いているせいかなかなか脱げないのがもどかしい。

それでもクリスティーナはギルバートのジュストコールを脱がせ、シャツのボタンをひとつずつ外しては、逞しい胸を愛撫して彼の上半身を曝す。

そしてギルバートもくちづけながらドレスのホックを外していき、双つの乳房がまろび出たところで、もう我慢できなくなったのか、ドレスが腰にわだかまったままだというのに、下着を引き下ろす。

「あ、んっ……」

途端に下半身が心許なくなったが、すぐにくちづけられて舌を絡めて甘く吸われると、もうギルバートがくれる感覚しか追えなくなる。

クリスティーナもギルバートの舌を吸い返し、おずおずと舌を動かしてお互いに舌を合わせて舐め合う。

ザラリとした感触がぞくぞくするほど気持ちよくて、夢中になって舌を絡め合っているうちに、ギルバートの大きな手が双つの乳房を掬い上げる。

「んっ……ふぁ……」

ちゅっ、くちゅっと淫らな音をたてて舌を舐め合っている間にも、マシュマロのような乳房の感触を確かめるように優しく揉みしだかれて、外気に触れたせいで僅かに芯を持ち始めている乳首を指先でクリッと弄られる。

「ん……ぁ……」

淡いベビーピンクをした小さな乳首を指先でくりくりと擦り上げられ、時折きゅうぅっと摘ままれる。

その度にクリスティーナは胸を反らせて、その心地好い刺激に甘い声を洩らす。

「ぁ……んあっ……」

ギルバートの綺麗に整えられた指先で乳首をころころと転がされるのも好くて、クリスティーナは弄られる度に肩をぴくん、ぴくん、と竦めた。

キスを仕掛けながらも、その痴態を余すところなく凝視めているギルバートは、ぷっくりと可愛らしく膨らんだ小さな乳首をつん、つん、と指先でつついてくる。

「あ、ん……んっ……」

指先で乳首をそっとつつかれる瞬間が堪らなく好くて、クリスティーナは身体を淫らに波打たせる。

それがギルバートには魅力的に見えたのか、今度は乳首を上下に速く擦られて、その堪らない愉悦にクリスティーナは身体をさらにくねらせた。

「んっ……ギルバート様……」

「わかっているよ……もっといじめてほしいんだね」

「やっ……」

あまりの羞恥に身体を捩って逃げようとするが、それを察したギルバートの膝に乗せられてしまった。

そして両の乳首を今まで以上にくりくりと弄られ、まるで円を描くようにじっくりと辿られては、またきゅうぅっと引っ張られることを繰り返される。

「あんん……そんなにいやっ……」

「いや、じゃなくて好いの間違いだろう？　クリスティーナの可愛い乳首は、もっといじめてって言ってるよ？」

「やぁっ……」

そんなことはないと首を横に振るが、『いじめる』という言葉だけで、さらに気持ちが昴って快楽を得ている自分がいた。

小さな乳首も今まで以上に芯を持ち、それに気づいたギルバートに、指先で挟んだ乳首をキュッキュッと摘まむように押し潰される。

「んっ……あぁ……」

それをされると気持ちがいいが、微かな痛みも感じて鋭い声をあげると、ギルバートはクスッと笑いながら謝るように乳首をそっと撫でてくる。

「あ、ん……」

「これが堪らなく好いんだろう？」

「やっ……！」

「嘘をつく子にはお仕置きだよ……」

耳許で囁かれた途端に甘美な刺激が背筋を走り抜け、クリスティーナは堪らずにいやいやと首を振る。

するとギルバートはクスッと笑いながら乳房を掬うように持ち上げ、ぷっくりと膨らむ小さな乳首にキスをする。

「んんっ……」

チュッと濡れた音をたてながら、乳首を口の中に優しく吸い込まれ、唾液に濡れて光る乳首を指先でくにくにと上下に擦られる。

「すぐに感じていやらしい乳首だね……」

「やっ……」

「このまま食べちゃってもいい？」

「だ、だめ……」

いやいやと首を振ってみるが、ギルバートはクスクス笑いながら乳首を摘まみ上げ、クリスティーナが思わず目を瞑って肩を竦めた瞬間に乳首を口に含む。

「あっ……あぁ……」

舌全体を使ってねっとりと舐め上げられ、ちゅうぅっと音がたつほど吸われ、あまりの心地好さにうっとりとしていると、不意に歯を軽く立てられる。

思わずびくっと身を竦めるクリスティーナを見て、すぐに謝るように優しく舐めてくるが、緩急をつけた愛撫に翻弄されて、もうどうにかなりそうだった。

それに胸をさんざん愛撫されたおかげで秘所もすっかりと潤い、蜜口が焦れったく開閉を繰り返しては、きゅん、と甘く響いてギルバートの愛撫を待っていた。

しかし秘所への愛撫をねだることなど、初心なクリスティーナにはできる筈もない。

それでも秘所がせつなくて、縋るような瞳でギルバートを凝視め、逞しい肩や背中を夢中になって愛撫する。

「んっ……ギルバート様……」

引き締まった腰を脚で挟み込み、せつない声で名を呼ぶと、ギルバートはすぐに察したようだった。

「こっちも？」

「んっ……」

「言わなきゃわからないよ」

「ぁ……」

ドレスの中に手を潜り込ませたギルバートが秘所を覆ってくるが、クリスティーナがねだるまで動かないつもりらしい。

涙目で凝視めても頬に宥めるようなキスをされるだけで、身体がぶるりと震える。

「言って。クリスティーナから欲しがって」

「ですが……」

「ならばずっとこのままだよ」

羞恥に口唇を嚙みしめているが、ギルバートはつれないことを言い、秘所を包み込んだまま乳首にキスをしてくる。

「ぁっ……ん……」

「ほら、言ってごらん……」

甘く唆されているのがわかったが、焦れったいまま放っておかれるのがつらくて、クリスティーナは頬を真っ赤に染めて俯いた。

そして――。

「お願いです……かせて……」

「聞こえないよ」

「んっ……お、お願いです……どうか達かせて……」

ぴしゃりと強く言われて、はっきりと声に出してねだると、ギルバートは嬉しそうに真っ赤に熟れた頬にキスをしてくる。

「よく言えたね。いいよ、何度でも達かせてあげる」

「それは遠慮します……」

「そう言わずに感じてごらん……」

「あっ……んんっ……ん……」

折り曲げた指できゅん、と甘く疼いていた蜜口をねっとりと撫でられて、愛蜜をたっぷりと掬った指先が陰唇を掻き分けて、期待に打ち震える秘玉を捕らえた。

「あぁっ……あっ……ぁ……」

ちゅ、くちゅ、と音をたてながら秘玉をまあるく撫でられただけで、あっという間に達きそうになり、クリスティーナは四肢に力を込めた。

ギルバートはその間も首筋に顔を埋めてキスをしながら、興奮に包皮から顔を出す秘玉をくりくりと撫で擦り、せつなく開閉を繰り返す蜜口にも指を挿し入れる。

「あっ……っ……ん……」

いきなり二本の指を挿入されて苦しいものがあったが、秘玉を執拗なほど刺激されているうちに、挿入された指の違和感にも慣れてきた。

媚壁が意図せずギルバートの指にねっとりと絡みつき、吸い上げるような素振りを見せると、彼はその時になって埋めていた指をそろりと動かし始めた。

「あっ……あっ、あっ、あっ、あっ、あぁ……」

秘玉を指先でころころと転がしながら、ずちゅくちゅと粘ついた音がたつほど烈しく指で穿たれる。

長い指が根元まで入り込んでくるタイミングで蕩けきった声が漏れ出てしまい、熱心に抜き挿しを繰り返されるうちに、胸の奥に甘くてせつない感情が湧き上がってくる。

「あぁっ……んっ、あっ、あぁ……」

まるで捏ねるように速い抜き挿しをされ、ちゃぷちゃぷちゃぷ、と淫らな水音がたつほど烈しく穿たれる。

　腰が自然と浮き上がり、背を仰け反らせて甘美な刺激に酔いしれていたのだが、同じタイミングで秘玉も擦り上げられると、堪らない愉悦が湧き上がってきて、クリスティーナはふるっと震えて身体をきゅうぅっと強ばらせた。

「あっ……やあぁぁあっ！」

　猥りがわしい悲鳴をあげながら達してしまい、隘路を穿つギルバートの指を何度も何度も締めつけては、もっと奥へと誘おうとする。

　その度に深い絶頂を感じ、腰をひくん、ひくん、と跳ねさせて、極上の快楽を味わう。

　そうしてギルバートが指を引き抜いた途端に、彼の胸に倒れ込む。

「気持ちよかった？」

「ん……」

　ベッドのヘッドボードにもたれるギルバートに抱きしめられながら、耳許で囁かれる。

　それだけでも今は敏感に反応してしまい、身体がぶるりと震える。

　そっと見上げてみればギルバートはとても優しく微笑んでいて、クリスティーナの口唇にチュッとキスをしてくる。

「このまま乗ってごらん……」

「え……？」

訳がわからず首を傾げると、ギルバートは頬にキスをしながらクリスティーナの腰を抱き上げ、蜜口に自らの熱く反り返る楔を押しつけてくる。

「このまま僕を受け容れて」

「で、できません……」

ギルバートの肩に摑まりながら、クリスティーナはいやいやと首を横に振る。

しかしギルバートはすっかりそのつもりのようで、クリスティーナの腰を摑んだまま、秘所に熱い先端を擦りつけてくる。

「大丈夫、しっかり支えているから……クリスティーナだってもう……だろ?」

「んっ……っ……」

どこかうっとりとした表情で促され、クリスティーナは全身を染め上げた。

確かにさんざん愛撫を受けた身体はギルバートの熱を欲しがっていて、ともすれば蜜口が押しつけられる先端を取り込もうとするように淫らにひくついてしまう。

「ほ、本当に……支えてくれますか?」

「約束しよう」

即答するところが怪しいが、クリスティーナも昂っていることもあり、なによりこのまま焦らされたのでは堪ったものではなく、ギルバートの肩からおずおずと手を離し、灼熱に手を添える。

「んっ……」

先端はまるで熟した果実のように柔らかいのに、反り返る楔は驚くほどに硬くて、僅かに脈動している。

（こんなに大きいものを今まで受け容れていたなんて……）

初めて触れたことで改めて驚いたものの、今ではすっかりギルバートの灼熱の虜になってしまったクリスティーナは、腰をゆっくりと沈めていった。

「ぁっ……っ……」

柔らかな先端を取り込むだけで、胸がいつものようにせつなくなってくる。

それでも息を逃して身体を沈めていくと、張り出した先端が媚壁を掻き分けるように突き進んでくる。

あまりの刺激に何度も止まってしまったが、それでも最奥までゆっくりとのみ込んでいき、最後はギルバートの肩に摑まりながらすべてをのみ込んだ。

「は……ぁっ……っ……」

「いい子だ、クリスティーナ……よく一人でのみ込めたね……」

「んっ……」

頰や口唇にチュッ、チュッとキスをされるだけでも身体が甘く震えてしまい、ギルバートの肩を摑む指が立ってしまう。

それでもギルバートは顔色ひとつ変えずに、最奥に届いた先端を擦りつけてくる。

「あっ、あっ……あぁっ、あっ、あっ、あ……」

最初はゆったりとしたリズムで揺さぶられていたが、媚壁がしっとりと絡みつくようになると、ギルバートはがくがくと揺れるほど烈しく揺さぶってくる。

しかしまだ足りない。もっと烈しく穿ってほしいのに、中で揺さぶられるだけなんて。

焦れて涙目で凝視めても、ギルバートは一向に抜き挿しをしてくれない。

「ぁ……ギルバート様……」

「足りない？」

「んっ……」

認めるのが恥ずかしくもあったが、それでも首筋に顔を埋めて頷くと、ギルバートはクスッと笑いながらクリスティーナの括れた腰を摑んだ。

「あっ……あぁっ……！」

ずちゅ、くちゅっと何度か烈しく腰を上下に動かされた瞬間、甘い感覚が背筋を走り、クリスティーナは背を仰け反らせた。

しかしまた緩慢な動きだけになり、不思議そうにギルバートを凝視める。

「この体勢ではね。クリスティーナが積極的に動かないと」

「そんな……」

「大丈夫、できるよ。僕だけしか見てないから……」

「ん……」

頬や首筋に柔らかなキスをされて、背中を優しく撫でられる。

とても恥ずかしかったが、そんなふうに甘やかされているうちに我慢できなくなってきて、クリスティーナは思いきって自ら腰を使ってみせた。

「あっ……あぁ、あっ……ぁ、あっ……」

そろりと動いただけで、反り返る楔が媚壁を掻き分けて擦れていく。

それがあまりに気持ちよくて、最も感じる箇所に張り出した先端が擦れるように、自ら淫蕩に腰を使い始めた。

「ん、ふ……ぁ……あぁ、あっ、あっ、あぁっ、あ……」

「気持ちいいんだね、クリスティーナ……」

「あ、ん……ギルバート様は？」

「もちろん気持ちいいに決まっている……ッ……」

熱情に掠れた声で囁かれたのが嬉しくて、クリスティーナは必死になって腰を使う。

拙いながらも気持ちよくなる動きを覚え、何度も何度も抜き挿しを繰り返す。

自分が動く度にくちゃくちゃと呆れるほど淫らな音がたつが、その音にも感じて背を仰け反らせる。

しかしすぐにギルバートが支えてくれて安心して律動をしていると、目の前で揺れる双つの乳房に顔を埋め、乳首にチュッとキスをしてくる。

「あっ……だ、だめ……」

「どうして？　気持ちいいだろう？」

「だって……もっと私、気持ちよくなっちゃう……」

「可愛いことを……」

クスクス笑ったギルバートは、それからもクリスティーナの腰の動きに合わせて乳首を何度も吸ってくるようになった。

そのうちに乳首を吸われるのを心待ちにして動くようになってしまい、そんな自分の淫らさが恥ずかしくなってくる。

「愛している、クリスティーナ……僕のフィアンセ……」

「あっ、あぁっ、あっ……ギルバート様ぁ……」

耳許で囁かれる熱い声にも感じて、媚壁が熱い楔にねっとりと絡みつき、もっと奥へと誘うように吸いつく。

それが好かったのか、ギルバートは息を凝らしてクリスティーナの腰を摑み、さらに烈しく揺さぶり始めた。

「あぁっ、あっ、あっ、あっ、あぁっ、あ……！」

「クリスティーナ……ッ……」

「あぁ、だめ……そんなにしたら私っ……！」

がくがくと揺さぶられるのが堪らなく好くて、クリスティーナはギルバートの厚い肩に爪を立てた。

それでも堪えきれずに身体を強ばらせた瞬間、媚壁を擦り上げる猛る熱を思いきり締めつけてしまった。

「あっ……あぁ……あ、やっ……やぁぁぁあぁ！」

「クッ……ッ……！」

蕩けそうに淫らな悲鳴をあげて達した瞬間に、奥深くまで入り込んでいるギルバートを何度も何度も締めつけては、媚壁が熱い飛沫を搾り取るような仕草をする。

それにはギルバートもひとたまりもなかったのか、最奥まで入り込み、お腹の中へ飛沫を浴びせてくる。

途端にお腹がじんわりと熱くなり、また媚壁が搾り取るように動く。

「んふっ……ん……」

何度か腰を打ちつけられて、最後の一滴まで出し尽くす間、小さな絶頂を感じた。

その余韻に浸っていると、ギルバートがそのまま噛みつくようなキスをしてくる。

「ぁ、んっ……んふ……」

「愛している……」

吐息で囁かれ、また口唇を覆われ、舌を搦め捕られる。

それに応えてクリスティーナも舌を絡め、ただギルバートへの愛情だけを感じながら舌に吸いつく。

ギルバートもまたクリスティーナの愛情を感じているようで、嬉しそうにキスを繰り返しているが、身体の熱が冷めてくるのに合わせてキスも穏やかなものになり、最後には顔中に触れるだけのキスをしてクスクス笑い合う。

「愛している、クリスティーナ……」

「私もです。ギルバート……」

勇気を出してギルバートを呼び捨てにした途端、彼は目を見開いてクリスティーナの肩を摑んでくる。

「今なんて言った!?」

「な、なんにも言ってないです」

「いいや、今確かにギルバートと呼んだな？」

「だめでしたか……？」

親愛の意味を込めて呼び捨てにしてみたが、まだ早かっただろうか？

ドキドキしながら見上げてみると、ギルバートはとても嬉しそうに頬にキスをしてくる。

「その反対だ。とうとう呼び捨てにするほど心を開いてくれたってことだよな？」

「心ならとっくにギルバート様のものです……」

照れながらも本心を口にしたが、ギルバートは少しムッとして顔を近づけてきた。

そしておでことおでこをくっつけ合い、お互いの瞳をジッと凝視める。

「だめだ。様をつけずにもう一度呼んでくれ」

「……ギルバート？」

「もう一度」

「ギルバート……」

「もう一回」

「もう、ギルバートったら……」

「愛している」

「私も愛しています。ギルバート、あなただけをずっと……」

にっこり微笑みながら抱きついて愛を口にするクリスティーナを、ギルバートもしっかりと抱きしめてくれる。

それが嬉しくて見上げてみれば、目尻や頬に何度も何度もキスをされて――とても満たされた気分で微笑み合い、二人はいつまでも寄り添っていた。

◇第五章　将来の岐路◇

優美なデザインの門扉を抜け、クレマチスや夏咲きの薔薇やコスモス、それにロイヤルブルーや純白のニゲラが風に吹かれる美しい庭を通り過ぎ、白いロールスロイスがウェントワース伯爵家のファサードに停車する。

それを待ち構えていた執事のロバートが車に近づき、後部座席を静かに開く。

「おかえりなさいませ、お嬢様」

「ただいま、ロバート。会いたかったわ」

手を差し伸べられて素直に手を取ったクリスティーナは、にっこりと微笑んで三ヶ月ぶりの自宅を見上げ、それから居並ぶ使用人たちにも笑顔を振りまく。

メイド長のシェリルはクリスティーナの帰宅を本当に心待ちにしていたようで、目にうっすらと涙を浮かべていた。

そんな彼女と凝視め合って頷き、変わらない我が家にホッとしていると——。

「ここがクリスティーナが生まれ育った屋敷か」

「素敵な家でしょう？　ギルバートも気に入ってくれるといいけれど」

「クリスティーナが愛した屋敷だ。僕もきっと気に入る」

遅れてロールスロイスから降りたギルバートが、クリスティーナの腰を抱きしめて、頬にキスをしてくる。

それを素直に受けて微笑んでいると、ロバートが恭しくお辞儀をした。

「これはこれは、ギルバート様。お嬢様を連れ帰ってくださいまして、どうもありがとうございます」

「こちらこそ、これからどうぞよろしく。お手柔らかに頼むよ」

にこやかに笑ったギルバートは、笑顔を崩さないロバートと固い握手をする。

そんな彼が、ウェントワース伯爵家と父の事業に早く慣れたいと言い出したのは、つい先週のことだった。

家に慣れること自体はいいが、あのプロポーズの時の宣言どおりに貿易商を営む父の事業についていろいろ考えてくれていることに、クリスティーナは感激した。

ギルバートはウェントワース伯爵家へ婿入りするなら、事業や家督を継ぐのは当たり前だとすっかりやる気になっていて、クリスティーナの苦笑を誘った。

とはいえやはり好きで始めた人形師の仕事はどうするのか心配したが、クリスティーナを射止めたから、もう人形を作らなくてもいいのだといっそ清々しく笑ってみせ、クリスティーナもそれ以上は訊くのをやめ、彼の潔さにまた恋をした。

この分なら父も安心して、ギルバートに事業や家督を継がせて、彼を婚約者と認めてくれるに違いない。

そう確信してこの週末にヘクターにウェントワース伯爵家へ行ってもらい、クリスティーナが婚約者のギルバートを連れて帰る旨を伝えておいてもらったのだ。

使用人たちは、クリスティーナの将来の夫となる相手が、マーヴィンではなくギルバートだということに困惑するかと思ったが、笑顔を浮かべているロバートは元より、シェリルたちがとても嬉しそうなのを見て、クリスティーナもホッと息をつく。

「さぁ、お茶の準備をしておりますので、まずはひと息ついてください」

「行きましょう、ギルバート。こっちよ」

少しはしゃぎながらギルバートを連れて屋敷へと入ったクリスティーナは、ギルバートに寄り添いながらティールームを目指す。

「さすがはその名を轟《とどろ》かすウェントワース伯爵家だな。我が家より立派な屋敷だ」

「屋敷はひいお祖父《じい》様たちが建てたそうだけれど、今飾られている調度品はお父様とお母様の趣味よ」

「いい趣味をされているね」

「ティールームも素敵な調度品が揃っているのよ。さぁ、入って」

両親の趣味を褒められたのが嬉しくて、クリスティーナはにっこりと微笑みながらギルバートの腕を引き、ティールームへと誘う。

その仲睦まじい姿を見て、お茶の準備を始めていたシェリルが殊の外嬉しそうに微笑む。

「お帰りなさいませ、クリスティーナ様。素敵な恋をされたようですね」

「ええ、とても幸せよ。シェリルはギルバートを歓迎してくれるかしら？」

「もちろんでございますとも。クリスティーナ様が選ばれたお方ですもの」

にっこりと微笑まれて、二人は顔を見合わせて、ホッとしながら微笑んだ。

マーヴィンを連れ帰らなかったことで、もしかしたら冷遇されるのではないかと心配していたが、それは杞憂《きゆう》に過ぎなかったようだ。

「ティールームも素敵でしょ？」

「とてもリラックスできるね。クリスティーナはいつもここで過ごしていたのか？」

「ええ、お母様と一緒にこのティールームで音楽家を呼んで音楽鑑賞をしたり、詩人を呼んで詩の朗読を楽しんだりして過ごすことが多かったわ。あとは庭を散策して花を摘むことも。オルコック伯爵家とはまた違ったお庭だから、あとで案内するわ」

「楽しみにしておこう」

ティーカップを傾けながら微笑んだクリスティーナは、ギルバートにこの屋敷を早く好きになってもらいたかった。

なのでお茶を飲んで少し寛いでから、屋敷中を案内するつもりで張り切っていた。

テラスルームや美しい庭、それにダイニングルームにライブラリー。

そしてなにより自分の部屋を早く見てもらいたくて、心が弾んでいたのだが――。

「ロバート、さっそくで悪いが、お父上がいらっしゃらない間に溜まっている仕事を、代理でこなそうと思う。急を要する案件があるようなら、すぐに持ってきてくれないか？」

「それは助かります。とは申しましても、この屋敷の主宛てに届いた書簡ですので、ご主人様の許可がないうちはお願いできません」

スコーンを運んできたロバートは、ギルバートの申し出を笑顔で撥ね除ける。

それを見てハラハラしてしまったクリスティーナだが、ギルバートはさして気にしていないようだった。

「それならウェントワース・カンパニーの名を借りたいのだが」

「そちらに関しましては、ウェントワース・カンパニーの重役に直接ご交渉を」

父に代わって屋敷を預かっているだけあって、ロバートはにこやかに接しながらも、なかなかいい返事をしてくれない。

それでもギルバートにとっては想定内であったようで、ティーカップを傾けたかと思うと、それをテーブルに静かに置いて微笑んでみせる。

「ならばさっそくウェントワース・カンパニーへ出向くとするよ」

「着いたばかりなのに、もうお仕事をするつもりですか？」

お茶をしたら屋敷中を案内するつもりでいたのに、もう仕事に取りかかろうとしている
ギルバートに驚いて、クリスティーナは心配げに彼を見上げる。

張り切っているのはいいことだが、今まで芸術活動をしていたのに、いきなり会社に乗り込んでも大丈夫だろうか？

「安心しておいで。僕だって伊達にパブリックスクールを飛び級して首席で卒業した訳じゃないからね。必ずやウェントワース・カンパニーで仕事を取りつけてくるよ」

心配していたのが顔に出ていたのか、ギルバートはクリスティーナの頬を撫でたかと思うと、すぐに席を立つ。

「悪いがウェントワース・カンパニーまで車を出してもらいたい」

「かしこまりました」

恭しくお辞儀をしたロバートが去っていき、クリスティーナも思わず席を立つ。

そんなクリスティーナを抱き寄せて、ギルバートは頬にキスをすると微笑んだ。

「必ず成果を出して帰ってくるよ」

「あまり無理はしないでくださいね？」

「大丈夫。勝算はあるからね」

「……勝算？」

首を傾げてみるがギルバートは微笑むだけで、なにも教えてくれなかった。

自信ありげに笑っているが、いったいなにを目論んでいるのだろう？

不思議に思いつつもギルバートにエスコートされるまま、クリスティーナも玄関ホールへと向かう。

それでもまだ心配げに見上げると、彼はおでこにチュッとキスをして離れていった。

「それじゃ、行ってくるよ」

「行ってらっしゃい。どうかお気をつけて」

車が来るとさっそくそれに乗り込み、ギルバートは去っていった。

着いたばかりだというのにすぐに出かけるだなんて、本当に大丈夫だろうか？

父の仕事先で、もしも受け容れられなかったらと思うと気が気ではない。

「大丈夫でございますよ、クリスティーナ様が選んだお方ですもの。きっと成果を出して帰ってこられますとも」

「……そうね、だといいのだけれど」

クリスティーナを安心させるように、シェリルがにっこりと微笑んでくれる。

それでもギルバートが心配で玄関の扉を凝視めていると、シェリルは注意を促すように手を叩く。

「さぁ、ギルバート様がお仕事へお出かけしている間に、クリスティーナ様も歓迎の晩餐の為のドレスを選んでおきましょう」

「そうだわ、今夜は特別な夜だったわ」

ギルバートが予想外の行動に出たのでうっかり忘れそうになったが、今夜はギルバートを歓迎する晩餐を催さなければ。

初めてウェントワース伯爵家でもてなすのだから、綺麗に着飾った自分を見てもらいたいし、仕事から帰ってくるギルバートに寛いで楽しんでもらいたい。

急にやることができて、しっかりしなければと気持ちを奮い立たせる。

「ロバート、ギルバートはロブスターと仔羊の香草焼きが大好物なの。それに合わせたシャンパンやワインのセレクトもよろしくね」

「かしこまりました。料理はシェフにリクエストしておきましょう」

先ほどはつれない返事ばかりしていたロバートも、歓迎の晩餐については素直に従ってくれるのを見て、クリスティーナは彼をおずおずと見上げた。

「ロバート？」

「なんでございましょう？」

「ロバートはギルバートを歓迎していないのかしら？」

思いきって訊いてみると、ロバートは意外にもにっこりと優しく微笑む。

「そんなことはございません。さすがはお嬢様が選んだ好青年だと感心しております。ですが私はご主人様が留守の間、ウェントワース伯爵家を守らねばならない身です」

なのでつらく当たっているように見えるかもしれないが、それもひとえにウェントワース伯爵家の為なのだと、苦笑を浮かべる。

「では、ギルバートを嫌っている訳ではないのね？」

「もちろんでございますとも。では、私はワインのセレクトと、シェフに今夜の晩餐のリクエストをして参ります」

一礼して去っていくロバートを見届けてから、クリスティーナはふとため息をつく。

「ならば今はロバートに気に入ってもらえるようにしないといけないのね……」

「ご主人様よりなにか仰せつかっているのかもしれませんね。ですがご主人様にお会いする前のリハーサルだと思えばよろしいのでは？」

「そうね……」

確かに父といきなり会って冷たい態度を取られるよりは、ロバートで慣れておいたほうがいいのかもしれない。

そう思い直してクリスティーナも、気持ちを入れ替えるようにシェリルを見上げる。

「歓迎の晩餐にはどのドレスを着たらいいかしら？」

「荷物はもう整理してありますので、どれを着られても大丈夫ですわ。それに持っていかれなかったドレスを着ても新鮮かもしれませんわね。ギルバート様が惚れ直してしまうほど素敵なドレスを、私と一緒に選びましょう」

シェリルがなんとか気分を盛り立てようとしてくれているのがわかり、クリスティーナはにっこりと微笑んだ。

「そうね、ギルバートがまた恋をしてくれるほど綺麗に着飾ることにするわ」

「そうでございますとも」

何度も頷くシェリルに微笑んだクリスティーナは、ティーカップをテーブルに静かに置いて立ち上がり、シェリルとおしゃべりをしながら懐かしい自分の部屋へと向かう。

そして部屋に着いてみれば数名のメイドたちが控えていて、それからシェリルを含めたメイドたちに言われるまま、ドレスと髪飾りを合わせるファッションショーが始まった。

「やっぱりこれがいいと思うのだけれど、どうかしら？」

「どれもお似合いですが、やはりそのドレスがクリスティーナ様にはよくお似合いです」

「ならばこれにするわ。晩餐の前に庭を散歩してからシャワーを浴びるから、それまでに用意をお願いね」

「かしこまりました」

にっこりと微笑むメイドたちに言い残し、クリスティーナは自らの部屋を出て庭へと向かい、美しい花が咲く庭の特等席に座りふと息をつく。

（ギルバートは大丈夫だと言っていたけれど、本当に大丈夫なのかしら）

勝算があるからと笑っていたが、今までオルコック伯爵家でも事業を手伝っていなかったのに、いったいどんな作戦があるというのだろう？

それにいきなり父の貿易会社に乗り込んで重役と渡り合うなんて、今まで人形師としてやってきたのに、そんなことが本当にできるのかとても心配だった。

（だめよ。私が信じなくてどうするの）

そう自分に言い聞かせるが、考えれば考えるほど心配が大きく膨らんでいく。

いくらパブリックスクールを飛び級して首席で卒業したとしても、実際の会社で通用するかどうかはまた別だと思うのだ。

それでもギルバートを信じたい気持ちも確かにあり、クリスティーナは不安を払拭《ふっしょく》するように胸に手を当てた。

（ギルバートのことだから、きっと大丈夫よ、ね……？）

なんだか不安で胸がドキドキしてきてしまったが、ギルバートなら大丈夫だと何度も言い聞かせる。

そして笑顔で帰ってくるギルバートを思い浮かべてしっかりと頷いたクリスティーナは、彼を信じようと心に固く誓い、再び庭を散策し始めたのだった。

◇◇◇

「シェリル、どこもおかしい所はない？」

「大丈夫でございますよ。本当にお美しくて輝いているようでございます」

歓迎の晩餐の準備も調い、玄関ホールでギルバートの帰りを待っているクリスティーナは、鏡の前でドレスを気にしたり髪を整えたりと忙しい。

(そういえばアリスンもルーカス様の帰りを待っている間、こんなふうに身なりを気にしていたわね)

思い出したらなんだか照れくさくなってしまったが、クリスティーナもやはり数時間ぶりに会うギルバートに綺麗だと褒めてもらいたくて、知らぬ間に同じことをしていた。

しかも今日のドレスはオルコック伯爵家へ持っていくか最後まで悩んで、けっきょく家に置いてきた純白に水色の薔薇がアクセントになっている大好きなドレスだった。

「ギルバートは気に入ってくれるかしら？」

「もちろんでございますとも」

即答してくれるシェリルのおかげでホッとできて、クリスティーナは鏡に向かってふんわりと微笑んだ。

それだけ彼を愛しているのだと実感できて、また鏡に向かって身なりを整えていると、そのうちに車がこちらへ向かってくる音が聞こえた。

「さぁさぁ、クリスティーナ様。ギルバート様がお帰りですよ」

「ええ、わかっているわ」

鏡からようやく離れたクリスティーナは、その場にきちんと立ってギルバートを出迎える準備をした。

すると間もなくして車が停まる音が聞こえ、ロバートが扉を開くと玄関ホールにギルバートが入ってくる。

「おかえりなさい、ギルバート。会社はどうでしたか？」

「ただいま、クリスティーナ。それはあとで話そう。それにしても素敵なドレスだね。もう僕の花嫁になるつもり？」

頬に優しいキスをしながら冗談交じりに言うギルバートがおかしくて、クリスティーナはクスクス笑う。

それに選びに選んだドレスを褒めてもらえたことも嬉しくて、彼の肩に頭を預けた。

「仕事のお話はあとでゆっくりと聞きます。それより今晩は歓迎の晩餐を用意しました。まずはお食事をしましょう？」

「ありがとう、クリスティーナ。今日はロクに食事をしていなかったから楽しみだ」

「ギルバート様、どうぞ私について来てくださいませ」

先導するシェリルに頷いたギルバートに、腰を抱かれてにっこりと微笑んだクリスティーナは、長い廊下を寄り添って歩いた。

「やれやれ、まずはこの広い屋敷のどこになにがあるか、まずは覚えなくては」

「オルコック伯爵邸とさほど変わりありません」

「ウェントワース伯爵邸のほうが広い分、迷ってしまいそうだよ。部屋を覚える間はクリスティーナと一緒に行動しないとな」

「まぁ、うふふ……」

さらに腰を引かれてぴったりと寄り添うギルバートに、クリスティーナはクスクス笑う。少し大袈裟だが、屋敷にいる間は常に一緒にいてくれるというのなら大歓迎だ。

「こちらがダイニングルームでございます」

シェリルが扉を静かに開き、二人が入室するまでお辞儀をしている。

その間にダイニングルームへ入室したギルバートは、豪華なダイニングルームの内装を見て、ため息ともつかない息をつく。

明るすぎないクリスタルのシャンデリアの下、長いダイニングテーブルの上には二人分の食器とカトラリー、それにゴールドのキャンドルと白い薔薇が飾られている。

「これは美しい……」

「テーブルウェアのセッティングはロバートの仕事よ。彼なりに歓迎をしているみたい」

「それは嬉しいね。会社で頑張ってきた甲斐がある」

クリスティーナを席までエスコートしたギルバートは、ロバートに椅子を引かれて席に座る際、ロバートに向けて微笑む。

「そのご様子ですと、商談が上手くいったのですね」

「あぁ、明日から僕もウェントワース・カンパニーの仲間入りをすることになった」

「本当ですか？」

「もちろん。手土産の効果は絶大だったらしい」

余裕の表情で微笑むギルバートを見て、思わずロバートと顔を見合わせてしまった。

「はて、僭越《せんえつ》ながら手土産を持参されただけで社員になれるとはいったい？」

「どういうことなの、ギルバート？」

父の会社はイギリスでも有数の貿易会社で、手土産ひとつで簡単に社員にするほど甘くはない。

なのにギルバートはいったい、どんな魔法を使ったというのだろう？

「手土産といっても、なにも甘い菓子を持っていった訳ではないよ。ただ僕が所有しているクリスティーナ・シリーズを、ウェントワース・カンパニーが独占販売する権利と交換に社員になったのさ」

「クリスティーナ・シリーズを独占販売する権利を？」

「あぁ、そうだよ。もう僕にはクリスティーナ・シリーズは必要ないからね」

「ですが、ギルバートの手元にあるクリスティーナ・シリーズは、どれも傑作揃《けっさく》いなのに、それを手放してしまうなんて……」

今まで売りに出していたクリスティーナ・シリーズは、ギルバートの中ではあまり出来の良くない物ばかりで、傑作に関してはすべてギルバートが所有していたのだ。

なのにそれをあっさりと売りに出すなんて、クリスティーナのほうが驚いてしまった。

「いくら私と婚約したからといって、クリスティーナ・シリーズはギルバートにとって、大切な物でしょう？　なのに……」

「僕にとってクリスティーナ・シリーズは、クリスティーナの美しさを再現する為の物で、もう新作は作れないと言っただろう？　だからいいんだ」

「ですが、今までずっと私を想って作ってくださっていたのに……」

「本物が手に入るのに、フェイクをずっと愛でるつもりはないよ」

いっそ清々しい顔で笑いかけられたが、クリスティーナのほうが困惑してしまった。

確かに今のクリスティーナを手に入れてから、新作はもう作れないと以前に言われたが、だからといって今まで何年もかけて作ってきたクリスティーナ・シリーズを、そんなに簡単に手放してもいいのだろうか？

「なんと、巷で噂のビスク・ドールは、お嬢様を象《かたど》った物だったのですか」

「実はそうなの。ギルバートが私を想ってずっと作り続けていたのだけれど……」

「とは言っても、価値をもっと高める為に、宣伝は大きくするが、販売する数量は制限をかけるつもりだよ。それについては会社の重役とも話し合ってきた」

まずは三ヶ月の間に、十五体のクリスティーナ・シリーズを販売するのだと、ギルバートは楽しげに笑う。

「信用のあるウェントワース・カンパニーが独占販売すると知れたら、流行好きなイギリスとフランスの社交界が飛びついてくる。今やクリスティーナ・シリーズは、ロールスロイス一台分の価値があるからね」

「そんなに高値で売れるのですか!?」

自分の分身でもあるビスク・ドールがそんなに高値で取引されているとは思わずに、クリスティーナは目を瞬かせた。

ロバートも同じように思っているらしく、珍しく驚いた顔をしている。

「なんと、ご自分のコレクションを高値で独占販売する権利の代わりに社員になるとは、畏れ入りました」

「あぁ、でも将来生まれてくるかもしれない娘の為に、特に気に入っている物だけは手元に残すつもりだよ」

「まぁまぁ、それはいいアイデアでございますね。必ずや可愛らしいお嬢様が生まれてお人形を可愛がるに違いありません」

シェリルには二人の間に可愛い娘が誕生する場面が頭の中で展開しているらしく、にっこりと微笑んでくる。

なんだか照れくさかったが、ギルバートとの間に子供ができたら、きっと自分は感激して泣いてしまうかもしれない。

とはいえやはり大量のクリスティーナ・シリーズを売りに出すと思うと、なんだか寂しいものがある。

「……本当にクリスティーナ・シリーズを手放してもいいのですか？」

「クリスティーナがずっと傍にいてくれるなら、なにも思い残すことはないよ」

ふと優しく笑ってくれるギルバートの気持ちが嬉しくて、まだ胸がドキドキしているクリスティーナも、ぎこちないながらもようやく笑みを浮かべることができた。

「私の為にどうもありがとう、ギルバート……」

「僕の為でもあるが、クリスティーナがそこまで感激してくれるのも悪くない」

冗談めかして言うギルバートがおかしくて、クリスティーナもようやくいつもの笑みを浮かべることができた。

それを見計らったかのように、ロバートが手を叩く。

「ではそろそろ歓迎の晩餐を開始致しましょう」

ロバートの声に呼応して、使用人たちが前菜と、冷たいシャンパンを運んでくる。

ロバートが小気味のいい音をたてて栓《せん》を抜き、フルートグラスにゴールドに輝くシャンパンが注がれると、グラスの底から細かい泡が立ち上る。

それがキャンドルの灯りを反射していつも以上に美しく見え、クリスティーナはにっこりと微笑んでいたのだが、そこでふと前を見れば、ギルバートが蕩けそうな瞳でこちらをジッと凝視めていた。

「今日はいつも以上に綺麗に見える」

「ええ、キャンドルの灯りのせいかしら？」

「そうかもしれない。僕のクリスティーナは目に眩しいほどだ」

「ギルバート……」

まさか自分のことを言っているとは思わずに、クリスティーナは頬を染め上げた。

おずおずと見上げてみれば、ギルバートは少し得意げな顔をしてフルートグラスを掲げてみせ、クリスティーナも慌ててグラスを手にする。

「なにに乾杯します？」

「僕らの幸せな未来に」

ギルバートの言葉に笑ってみせ、二人してフルートグラスを掲げてから口をつけてみれば、とても華やかできめ細やかな泡が口当たりのいい、最高に美味しいシャンパンだった。

「美味しい……」

「これはまたずいぶん奮発してくれたようだ。前菜も美味しいし、さすがはウェントワース伯爵家が抱えているシェフだけのことはあるな」

「オルコック伯爵家のシェフもとても腕が良かったです」

「ならばいつもより美味しく感じるのは、こうして完璧なセッティングで最高に美しく着飾ったクリスティーナが目の前にいるからだ」

ギルバートの為にさんざん悩んでドレスを選んだこともあり、ドレスを褒めてくれるギルバートに、クリスティーナは照れながらも微笑んだ。

それに二人きりで取るディナーは初めてで、とてもロマンティックな雰囲気に、いつになくシャンパンが進む。

そしてゆったりと会話をしながら前菜を食べたあとには、ブロッコリーのポタージュが続き、それからギルバートの好きなロブスターのビスク風味のソテーが出てきた。

「もしかして僕の為にリクエストしてくれた？」

「ええ、大好物を食べてもらいたくて」

「どうもありがとう、その心遣いが嬉しいよ」

ごく自然と感謝を口にされて、クリスティーナもにっこりと微笑んだ。

その頃になるとシャンパンから白ワインに変わり、二人してワインを楽しみながらロブスターを食べ、続いて赤ワインに切り替えて仔羊の香草焼きが出てきた頃には、ギルバートもすっかり寛いで食事を楽しむことができているようだった。

「今日はなにをしていたんだ？」

「ギルバートが会社へ出かけてからは、久しぶりに庭を散策したわ。クレマチスが咲き頃だから、庭を案内したいわ」

「それはいいな。週末の楽しみに取っておこう」

「約束よ？　週末を楽しみにしているわ」

ギルバートに早く庭を見てもらいたくて、クリスティーナは目をジッと凝視める。

それにギルバートも頷きつつ、それからも会話を楽しみながら食事を楽しんでいたのだが、終えるタイミングでロバートが静かに近づいてきた。

「お食事はいかがでしたでしょうか？」

「なにもかも完璧でとても美味しかったよ」

「それはなによりです。食後のチーズはいかが致しますか？」

「私は遠慮しておくわ」

なんだか今夜はお腹がいっぱいでクリスティーナが辞退すると、ギルバートもそれにつき合ってチーズは辞退した。

「食べても良かったのに」

「いや、僕もさすがに今夜は食べ過ぎた。デザートを食べて終わりにしよう」

「本日のデザートはお嬢様がお好きな桃のゼリーです。お運びしますので、リビングで
「少々お待ちください」

ロバートが一礼して厨房へ去っていくのを待ってから、ギルバートは席を立ちクリスティーナの隣に移動する。

椅子を引いてもらって立ち上がるとすぐに腰を抱かれ、酔いも手伝ってギルバートの肩に頭を預ける。

そして他愛のない会話を楽しみながらリビングへと辿り着き、革張りのソファに二人して並んで座る。

クリスティーナがホッと息をつくと、ギルバートは頬を包み込んできた。

「飲ませすぎたか?」

「少し酔っているけれど、デザートを食べたら酔いも醒めるわ」

「残念。そのまま酔っ払っていたら美味しく食べてしまうのに」

冗談めかして言うギルバートがおかしくて、クリスティーナはクスクス笑いながら抱きついていると、頬にチュッとキスをされた。

「僕は本気だよ。このまま寝室へ行こうか?」

「ギルバート……」

「愛しているよ、クリスティーナ……」

蕩けそうな瞳で凝視められ、クリスティーナもうっとりとしながら目を閉じようとしたのだが、そのタイミングで扉の向こうからロバートの咳払いが聞こえ、二人して顔を見合わせてしまった。

「残念。この屋敷ではおちおち愛も確かめられない」

ギルバートが本当に残念そうに言うのがおかしくて、クリスティーナは思わずプッと噴き出してしまった。

そして充分間を取ってから、ロバートがデザートと食後の紅茶、それにミントチョコレートを持ってきた。

「まぁ、美味しそう」

「パティシエがお嬢様の為にご用意しました。こちらを食べ終えましたら、ギルバート様をゲストルームにご案内致します」

澄ました顔で言うロバートに二人して顔を見合わせ、思わず残念そうに目配せをした。

どうやらこの屋敷では監視されているようで、愛を迂闊に確かめられない。

それが残念ではあったものの、将来の結婚の為にも今は我慢しなければいけないのだと思い直し、その夜はお休みのキスもせずに二人は別々の部屋で眠りに就いたのだった。

◇◇◇

窓を開け放たれたテラスルームで、クリスティーナはのんびりと刺繍をしながらギルバートの帰りを待っていた。

彼がウェントワース伯爵家に滞在して、そろそろふた月が経つ。

その間にギルバートはウェントワース・カンパニーから、クリスティーナ・シリーズを数量限定で販売する宣伝を大々的に行った。

その反響はとても大きく、ギルバートの目論みどおりイギリスは元よりフランスの社交界からも、矢のような問い合わせが来たとのことだった。

中には定価よりさらに金を積む貴族も出てきて、ウェントワース・カンパニーはたった十体のビスク・ドールを売っただけで大きな収入を得ることができ、会社でのギルバートの立場も確固たるものとなった。

特に父の右腕でもある重役がギルバートをとても買ってくれて、今では人形を売るだけではなく、会社の中枢で貿易の仕事にも手をつけている。

その分忙しくなり、なかなかゆっくりと話すことができないが、父に気に入られるまでの辛抱だと自分に言い聞かせ、クリスティーナもギルバートの仕事を応援している。

（お父様たちが帰られるまで、あとひと月だもの。それまでの我慢よ）

ギルバートの働きぶりを見て、父がいったいどんな反応をするのかまだわからない。もしかしたら自分の思いどおりに、マーヴィンを連れてこなかったクリスティーナを怒るかもしれない。

それを思うと不安になるが、会社で着実に信用を築いている今のギルバートを見たら、父もきっと考え直してくれるだろう。

（そうよ、お父様もギルバートの働きぶりを見たら許してくれるわ）

そんなことを考えていると、シェリルがティーワゴンを押して入室してきた。

「クリスティーナ様、そろそろお茶の時間に致しましょう」

「そうね……」

「どうかされましたか？」

ほんの少し元気のないクリスティーナを見て、シェリルが首を傾げてくる。

幼い頃から面倒を見てくれているシェリルには隠し事ができないと諦め、クリスティーナは苦笑を浮かべ、ふとため息をついた。

「お父様がギルバートとの結婚を許してくれるか心配で……」

「大丈夫でございますよ。ギルバート様の働きぶりをご覧になりましたら、ご主人様もきっと許してくださいます」

「だといいのだけれど……」

「私はクリスティーナ様が決められたお相手ですから、ずっと応援しておりますよ」

ミルクティーを準備してくれながら、シェリルは当たり前のように言ってくれる。

「本当に……？」

「生まれた時からお世話をしているクリスティーナ様が、初めて自らの意思で選んだお相手ですもの。私が応援しなくて誰が応援するというのです」

「どうもありがとう、シェリル」

「頼もしいフィアンセが来てくださって、本当に良かったですね」

嬉しくなるシェリルの言葉に微笑んで、ティーカップを傾ける。

濃厚なミルクティーを楽しんで、午後のひとときをのんびりと過ごそうと思ったのが、なにやら車が急いで走ってくる音が聞こえて、シェリルと顔を見合わせた。

「なにかしら？」

「ギルバート様が早く帰られたのかもしれませんね。とにかく様子を見に行って参ります」

シェリルがそう言い残してテラスルームから出て行こうとしたのだが、それよりも早く慌ただしい足音が聞こえてきた。

「クリスティーナ！　クリスティーナはどこにいる!?」

懐かしい声にクリスティーナはハッとして、思わず席を立った。

するとテラスルームの扉が乱暴に開かれ、まだ香港からイギリスへ航海をしている筈の両親がとび込んできた。

「お父様、お母様……どうして？　帰るまでまだひと月はかかる筈では……」

驚いて声をあげるが、父は凄まじい形相でツカツカと近づいてきて、クリスティーナの頬をいきなり叩いた。

「あっ……！」

「あんな手紙を受け取って、呑気《のんき》に商談などできるものかっ！」

その場に倒れ込むクリスティーナを、母とシェリルが慌てて助け起こそうとする。

「貴方、乱暴はおよしになって」

「えぇい、甘やかすなっ！　なぜ私が言ったとおりにマーヴィンと婚約せずに、穀潰しの次男坊と婚約した！」

「わ、私はマーヴィン様ではなく、ギルバートに恋をしたのです。ですから……」

父の剣幕《けんまく》に震えてしまったが、それでも勇気を振り絞って自分の気持ちを必死に伝えた。

しかし父の怒りは収まらず、わなわなと震えてクリスティーナの頬をまた叩く。

「……っ！」

「愛や恋で結婚相手を選べと誰が言った！　私はウェントワース伯爵家の家督と事業を安心して引き継がせることができる相手を選べと言った筈だっ！」

まるで刃のような言葉を投げつけられて気持ちが折れそうになるが、それでもクリスティーナは負けずに父を強い瞳で見上げる。

「ギルバートもマーヴィン様に負けておりません。パブリックスクールを飛び級して首席で卒業された立派な方です」

「黙れっ！　オルコック伯爵家の事業を手伝う訳でもなく、芸術にうつつを抜かすような輩《やから》が、いきなり家督や事業を回せる筈がないだろうっ！」

「ですが……！」

「まだ口答えする気かっ！」

また父が手を振り上げるのを見て、思わず目を瞑った。

しかし頬を一向に叩かれないことを不思議に思い、おずおずと目を開いてみれば、父が振り上げた手を、いつの間にか帰ってきていたギルバートが摑んでいた。

「貴様は……」

「お初にお目にかかります。クリスティーナと婚約をしたギルバート・オルコックです」

「その手を放せっ！　婚約など認めておらん！」

「クリスティーナにこれ以上、乱暴をしないと約束してくださるなら放します」

ギルバートは真剣な瞳でそう言いながらも、父の手首を摑んだままでいた。

父は必死で手を取り返そうとしているが、ギルバートの力のほうが強いらしく、ちっとも動けずにいる。

「どうか落ち着いてください。クリスティーナに乱暴をしないと約束してくれますか？」

「貴様に指図されるいわれはないっ！」

「ギルバートの言うとおりだわ。貴方、少し落ち着いて。頭に血が上りすぎよ」

「うるさいっ！　いいから手を放せっ！」

ギルバートがそれでもまだ手を放さずにいると、父は彼を強い目つきで睨みつける。

「まったく、貴様にくれてやる為に外にもなるべく出さずに大切に育ててきた訳ではないっ！　婚約など解消だ！」

「貴方、これ以上怒っては血管が切れて倒れてしまうわ」

「う、うむ……」

母が心配そうに言うのを聞いて、父の怒りがトーンダウンしたのがわかった。

ギルバートもそこでようやく父の手首を放したのだが、その途端に父はギルバートの頬を思いきり殴った。

「お父様っ、なんてことを……！」

「単なる正当防衛だ。屋敷へ勝手に入り込むような無礼な輩だしな」

「あぁ、ギルバート……大丈夫？」

「大丈夫だよ。クリスティーナこそ大丈夫か？」

「ええ、大丈夫よ……」

殴られた頬が赤くなっているのを見て、クリスティーナはギルバートの頬を包み込んだ。

それでもギルバートは頬を気にすることもなく、クリスティーナのことを心配している。

そんな彼を見ていられなくて、クリスティーナは父を強い瞳で見上げる。

「酷いわ、お父様！」

「フン、知ったことか」

まさか父がここまで酷いことをするとは思ってもみなかった。

信じられない目つきで見上げるが、父は我関せずといった様子で腕を組んでいる。

その態度が余計に信じられなくて、クリスティーナは涙目で父を睨む。

「ギルバートに乱暴をするなんて、そんなお父様なんか大嫌いっ！」

「嫌いで結構。とにかくその男との婚約は認める訳にはいかない」

「私はもう心も身体もギルバート様のものよっ。今更他の男性なんて考えられないわ！」

「なんだと……？　そんなふしだらな娘に育てた覚えはないっ！」

「だったら勘当してくださっても、私は構わな……あっ……！」

父がまた大きく手を振り上げるのを見て、咄嗟に目を瞑ったが、ギルバートがまた父の手首を摑んで阻止してくれていた。

「これ以上の暴力を振るうなら、これからは僕がクリスティーナを守ります」

「ギルバート……」

　頼もしく頷いてくれるギルバートに僅かに微笑んでみせ、それから父を見上げたが、すぐに目を逸らされてしまった。

「なんてことだ……エリザベート夫人は息子にいったいどんな教育をしているんだ」

「母を悪く言うのはやめてください。僕の意思でクリスティーナを愛しただけです」

「なるほどな。エリザベート夫人が甘やかすから、家業も手伝わずに遊びほうけている貴様のような手だけは早い息子ができたのか」

　ふと息をついた父は、近くにあった椅子に座り、頂点に達した怒りを抑えるような素振りを見せながら、さらにイヤミを言い放つ。

「酷いわ、お父様。お父様がいない間、ギルバートは一生懸命お仕事をしていたわ。それこそ、毎日夜まで……」

「クリスティーナ、いいから黙っておいで」

「けれど……」

　言われっぱなしでは納得がいかなくて、クリスティーナとしてはギルバートが人形制作も含め成し遂げた業績を伝えたかったのに、彼は瞳をジッと凝視めながら首を横に振る。

　その様子を見て、もしかしたら彼なりに考えがあるのかもしれないと思い直し、クリスティーナは言いたい気持ちをぐっと抑えて口を引き結んだ。

「僕はクリスティーナを心から愛しています。どうか僕らの結婚を許してください」

「それはできない」

取り付く島もない父の態度は想定内だったようで、ギルバートはさしてショックを受けた様子でもなく、真剣な瞳で父を凝視める。

「ならば、僕にひと月だけ時間をください」

「時間だと？」

「はい、その間に実業家としてきちんとした結果を出してみせます。もちろんそのひと月は、クリスティーナとは会わないと誓います」

「そんな……」

ギルバートの真剣さは伝わってきたが、クリスティーナのほうがショックを受けて、ただ呆然と彼を凝視めた。

するとギルバートはクリスティーナを見て、少し申し訳なさそうな笑みを浮かべる。

そしてすぐに気を取り直したように再び父を凝視めるが、落ち着きを取り戻してきた父は、少し小馬鹿にしたような目つきでギルバートを見据えた。

「フン、たったひと月で実業家になどなれるものか」

「僕には切り札があります」

ギルバートがクリスティーナ・シリーズのことを言っているのだとわかったが、たったひと月で、今まで以上の売り上げを出すつもりだろうか？

しかし、どうやって？

わからないながらも彼を凝視めていると、父は皮肉げな笑みを浮かべる。

「切り札を最初にちらつかせて、それでどうするつもりだ？」

「必ずやウェントワース・カンパニーにとって、なくてはならない存在になります」

「大きく出たな。イギリスでも有数の私の会社を大きく揺るがすとでも言うのか？」

「そう取って頂いても構いません」

自信たっぷりに答えるギルバートを見て父はますます冷たい目つきになったが、彼が本気で言っているのは伝わっているらしい。

そして父はそんなギルバートを鼻で笑い、さもおもしろそうに笑ってみせた。

「いいだろう。但《ただ》し今日からひと月だ。一日たりとも遅れることは許さない。その間に我が社を揺るがすような偉業を達成してみせろ」

「わかりました。期待に応えてみせます」

「誰も貴様に期待などしていない」

「いいえ、応えます。その代わり僕が成功を収めたら、僕らの結婚を許してください」

「……フン、好きにしたらいい」

「ありがとうございます。では僕は失礼致します」

言質《げんち》を取ったギルバートはそこでようやく笑みを浮かべ、クリスティーナのことすら見ずに廊下へと出て行った。

「ギルバート！」

慌ててそれを追って走っていくと、彼はそこでふと立ち止まり、クリスティーナをしっかりと抱き留めてくれた。

「あんなことを言っても大丈夫なの？」

「大丈夫、僕のことは心配しないで」

「けれど、ひと月も会えないなんて……」

再会してからずっと一緒にいたのに、たったひと月とはいえギルバートと離ればなれになるなんて寂しすぎる。

「これも僕らの結婚の為だ。どうか堪えて」

「……わかったわ」

「離れていても心はひとつだ」

しっかりと頷いてくれるギルバートの瞳から自信が伝わってきて、クリスティーナもようやく納得することができて、彼の腕から手を放した。

そして屋敷から去っていく彼の背中を涙目で凝視め、どうか上手くいくようにと心から祈りを捧げ、涙をひと粒零したのだった。

◇◇◇

今にも降り出しそうな空を見上げていたクリスティーナは、曇り空と同じような重いため息をつく。

その様子を見ていた母とシェリルが困ったように顔を見合わせるのがわかったが、愛想笑いのひとつもできない。

「クリスティーナ、ギルバートのことが心配なのはわかるけれど、お茶が冷めるわよ」

「奥様の言うとおりでございますよ。それにそんなにため息ばかりついていたら、幸せが逃げてしまいますよ」

母だけでなくシェリルにまで窘《たしな》められてしまい、クリスティーナは機械的にティーカップを傾ける。

しかし薫り高い最高級のダージリンを飲んでいるというのに、それを楽しむ余裕もなく、ティーカップを静かにテーブルに置き、またため息をつく。

「大丈夫よ、クリスティーナ。お父様もただ意地になっているだけで、ひと月も経てばギルバートとの仲を認めてくださるわ」

「……本当にそうかしら」

母の言葉を素直に受け取れず、クリスティーナは不機嫌な顔で口唇を尖らせる。

両親が慌てて屋敷へ帰ってきたあの日、クリスティーナは父に初めて叩かれたのだ。

しかも二度も叩かれたことを思うと、父の怒りは相当なものだと感じる。

翌朝になっても父はクリスティーナと言葉も交わさずに会社へ出かけていき、帰ってきてからも、まるで苦虫を嚙み潰したような渋い顔をしていた。

とはいえ日を追うごとに当初の怒りは収まってきたようで、父もクリスティーナを意識しているようではあったが、ギルバートに酷いことを言った父を許せなくて、挨拶程度しか言葉を交わしていなかった。

「いい加減に意地を張らずに、お父様とお話ししたらどうかしら？」

「別に意地なんて張ってないわ」

「あら、そうかしら？　クリスティーナもお父様も、意地の張り合いをしているように見えるけれど？」

「さすがは親子です。よく似ておりますね」

ウェントワース伯爵家の家督と事業のことばかり頭にある、あんなに酷い父と似ていると言われるのは心外で、クリスティーナはますます不機嫌な顔になる。

「酷いわ、お母様もシェリルも。私がこんなにギルバートを心配しているのに……」

ギルバートがオルコック伯爵家へ戻って、そろそろ二週間が経つが、今頃彼はどうしているのだろう？

自信たっぷりに笑っていたが、あと二週間で父の会社を揺るがすような偉業を、本当に成し遂げることができるのだろうか？

「ギルバートを本当に愛しているの？」

「もちろんよ。お母様たちには悪いけれど、今はギルバートを一番に愛しているわ」

それだけは誰にも負けない自信があって即答をしたが、母は微笑を浮かべて優雅な仕草でティーカップを傾ける。

「ならばもっとギルバートを信じてあげないと」

「もちろん信じているわ」

「彼を信じているのなら、もっと落ち着いていられる筈よ。なのに一人で悲劇のヒロインのように憂鬱になって、お父様と口を利かないなんてナンセンスだわ」

母の言葉にぐっと詰まったクリスティーナは、やり込められた気分になりつつ、泰然と構えている母を凝視める。

「……お母様はギルバートとの結婚をどう思っておられるの？」

なんだか先ほどから聞いていると、母はギルバートとの結婚を認めてくれているように感じるが、本当はいったいどちらの味方なのだろう？

注意深く凝視めて答えを待っていると、母はにっこりと微笑んだ。

「そうねぇ、最初は私もギルバートについてあまりいい噂を聞かなかったから、帰国するまでは心配で仕方なかったけれど、先日の彼を見て考えが変わったわ」

「考えが変わったって、それってもしかして……」

「クリスティーナを愛しているのが伝わってきたし、とても誠実な好青年だと思えたから、今はギルバートとの結婚に賛成よ」

「本当に？　本当にそう思ってくれる？」

母が味方になってくれるのならとても心強くて、クリスティーナは母に縋りつくようにして何度も確認をする。

それを見た母は苦笑を浮かべ、クリスティーナの頬を撫でてくる。

「叩かれて痛かったわね。けれどお父様もクリスティーナを思って叩かれたのよ。だからお父様と仲直りをして、ギルバートがいかに素晴らしい青年かを伝えたほうが得策よ」

「お母様……」

的確なアドバイスをしてくれる母に何度も頷いて、クリスティーナは涙を溢れさせた。

ギルバートと離ればなれになって、ずっと溜め込んでいた不安や寂しさが一気に湧き上がってきて、涙が止まらなくなってしまったのだ。

「つらかったわね。けれど大丈夫よ、お父様もクリスティーナを嫌いになった訳ではないのだから。クリスティーナから歩み寄れば、お父様もきっと結婚を許してくださるわ」

「本当に……？」

「ええ、ギルバートも由緒あるオルコック伯爵家のご子息だし、相手として不足はないわ。けれどまだ約束の期限まで二週間はあるのだから、その間は焦らずにお父様と良好な関係を築いたほうがいいと思うの」

「わかったわ。今夜私からお父様に謝ります」

まだ父と顔を合わせると構えてしまうが、母の言うとおりに動いたら上手くいく。

そう思えて泣き笑いを浮かべると、母もにっこりと微笑んで涙を拭ってくれる。

そしてどこか懐かしそうな表情を浮かべ、つくづくといった様子でクリスティーナを凝視めてくる。

「小さな頃はお人形のように可愛らしかったクリスティーナも、いつの間にかお父様に反発してでも貫きたいほどの恋をして、素敵な男性を見つけたのね」

「お母様……」

「私はクリスティーナが幸せになってくれたら、それだけでいいの」

優しく微笑む母を見たらまた泣けてきてしまって、クリスティーナは母の膝に顔を埋めて涙を溢れさせた。

「あら、たった今大人になったと思ったばかりなのに、また子供に戻ってしまったわ」

「今はいいの。どうか今だけはお母様の子供でいさせて」

「いつまで経ってもクリスティーナは私の可愛い子供よ」

「けれどいいの。今だけ甘えたいの」

「まぁ、うふふ……」

母に甘えて頭を擦りつけると、優しい手が髪をそっと梳いてくれる。

まるで本当に子供の頃に戻ったような気分になって、クリスティーナは目を静かに閉じて母の温もりを感じていた。

「そうだわ、久しぶりにお友達を呼んで、ティーパーティーを開いたらどう？」

「ティーパーティーを？」

「確かウィンスター男爵家のジェシカも、今年中にエイベル伯爵家へ嫁ぐのでしょう？女同士で集まればきっと楽しい会話が弾む筈よ」

そういえばここ最近は、女友達と会っておしゃべりをする機会もなかった。

きっとクリスティーナが初恋のギルバートと婚約をしていることを報せたら、みんな驚くことだろう。

「それはとてもいいアイデアですね。きっといい気分転換になります」

「そうね、お父様と仲直りをする時に許可を頂くわ」

「話すきっかけができて良かったわね」

母の提案にシェリルも乗り気になっているのを見て、クリスティーナもようやく笑みを浮かべることができた。

それにティーパーティーの様子を思い浮かべたら、みんなに早く自分のことを報せたくなってきて、楽しい気分になった。

「あらあら、噂をすればご主人様が戻ってきたようですよ」

「大変、急いでお出迎えをしないと。さぁ、一緒にお出迎えしましょう」

「たくさん泣いてしまったけれど、お化粧は崩れてないかしら？」

「大丈夫でございますよ。さぁさぁ、玄関ホールへ急ぎましょう」

シェリルに急き立てられるようにして玄関ホールへと向かい、父が戻ってくるのを待つ間とてもドキドキしたが、それでも母の言葉を信じて気持ちを奮い立たせる。

そしてロバートが扉を開けて、父が玄関ホールへ入ってくる瞬間に緊張が最高潮に達してしまったが、それでも母と一緒に父が近づくのを待つ。

「おかえりなさい、貴方。クリスティーナが話があるそうよ」

「クリスティーナが？」

母の言葉に父が少し身構えるのがわかったが、クリスティーナは父を凝視めてから長い睫毛を伏せた。

「ずっと意地を張っていてごめんなさい、お父様。心から反省しています」

「奴を諦めると言うのか？」

「いいえ、それはありません。ギルバートのことは誰よりも愛しています。ですがこのまお父様とケンカをしているのはいや。どうか我が儘な私を許してください」

胸の前で両手を握りしめたまま心から謝ると、父はしばらく無言のままでいた。

おずおずと見上げるとすぐに目を逸らされてしまったが、いつものような緊張感は伝わってこない。

「……なんでそんなに奴がいいんだ」

「初めてお会いした時、まるで王子様のようで人目惚れしたのが大きいですけれど、それだけではなく、私だけを愛してくださっているのが伝わってくるのです。それに芸術に没頭されるひたむきなお姿もとても尊敬しています。それから……」

「わかった、もういい。ディナーが済んだらカトリーナから香港の土産をもらいなさい。たくさん買ってきたからな」

「お父様……」

まだ目を見てくれないが父が歩み寄ってくれたのがわかり、クリスティーナは僅かに笑みを浮かべた。

「ありがとうございます、楽しみにしているわ。それから女友達を呼んで、近々ティーパーティーを開きたいのだけれど……」

「いつものメンバーなら構わない。いい気分転換になるだろう」

ら母を見る。

「どうもありがとう、お父様。大好きよ」

今度はにっこりと微笑んで見上げてみるが、父はどこか落ち着きなくそわそわとしなが
「カトリーナ、香港の土産はどうした？　あとでクリスティーナにあげるといい」

「ええ、そうするわ。貴方が選びに選んだお土産がたくさんありますものね」

「カトリーナ！」

母がクスクス笑いながら種明かしをするのを見て、父は慌てたようにクリスティーナに背を向けて母と共にダイニングルームへと向かっていく。

その後ろ姿を呆然と凝視めていたクリスティーナだったが、次の瞬間にクスッと笑い、二人のあとを追ってダイニングルームへと向かった。

そしてまだぎこちない感じはあったものの、その日は久しぶりに親子の会話もでき、香港での珍しい体験を聞きながら食事をすることができた。

父もワインで酔ったようで、リビングに移動する頃にはすっかり機嫌が良くなり、クリスティーナに香港土産をひとつずつ説明をしながら渡してくれて、最後の土産を受け取った頃には、もうすっかり夜も更けていた。

「さぁ、もう夜も遅いから、そろそろ寝なさい」

「ええ、こんなにたくさんのお土産をどうもありがとう。大切にするわ」

両親の頬にキスをして、たくさんの土産を抱えてリビングから出て行こうとすると、まだ飲み足りないらしい父はウィスキーを飲みつつ、クリスティーナをしみじみと凝視める。

その眼差しがとてもせつなく見えて、クリスティーナは首を傾げた。

「お父様……？」

「……あいつもなかなかやるな」

「え……？」

「なんでもない。早く寝なさい」

訊き返したかったのにすぐに追いやられてしまい、クリスティーナはドキドキする胸を押さえつつ廊下を歩いた。

最後に父が呟いたあのひと言は、もしかしなくてもギルバートへの褒め言葉ではなかっただろうか？

ほんの少しでも父が認めてくれるほど、ギルバートはきっと会えない間も頑張ってくれているのだ。

そう思ったら嬉しくなってきて会いたい気持ちが募ったが、それをぐっと堪える。

(ギルバート……私、信じて待っているわ)

心の中で呟いたクリスティーナは小さく頷いて、それから父がほとんど選んだという香港土産を抱きしめて部屋へと戻り、その晩は久しぶりにぐっすりと眠ったのだった。

◇◇◇

夏の花の甘い香りが漂ってくるティールームから、華やいだ話し声や笑い声が洩れ聞こえてくる。

今日は仲のいい女友達を招いての、ティーパーティーの日だった。

久しぶりに会う友人たちとの会話は相変わらず楽しくて、クリスティーナもいつになく寛いだ時間を過ごしている。

先ほど友人たちへギルバートと婚約をした報告をした時も、みんな驚きつつも、まるで自分のことのように喜んでくれた。

しかしクリスティーナ・シリーズの話題になると、不満そうな顔をする友人と嬉しそうな友人に分かれ、クリスティーナは複雑な気分になった。

「それにしても酷いわ、クリスティーナのお父様の会社が、クリスティーナ・シリーズを売り出すなんて。知っていたら手を回していたのに」

「ごめんなさい、私も父の会社のことはまったく知らなくて」

いくら仲のいい友人たちでも、まさかギルバートがクリスティーナ・シリーズをすべて管理しているとは言えずに、クリスティーナは申し訳なさそうに謝ることしかできない。

「私は情報が入ってすぐに手に入れたから良かったけれど、最近の物は傑作揃いで、コレクターの間ではますます値上がりしているらしいわ」

クリスティーナ・シリーズを当初から手に入れているブリトニーと、最近手に入れたジェシカは楽しげだが、手に入れられなかったキャロルとビアンカにアナベルは、少し不満そうにため息をつく。

「あ〜あ、私も早くクリスティーナ・シリーズが欲しいわ」

「私はシリル様にお願いしていたから、すぐに手に入ってラッキーだったわ」

「あら、ブリトニーったら。まだシリル様とおつき合いしていたの？」

「失礼ね、これでもオースティン伯爵家へ嫁ぐつもりで純愛を通しているわ」

ブリトニーが少し威張って言うと、キャロルとビアンカとアナベルは顔を見合わせてから、クスクス笑う。

「純愛が聞いて呆れるわ」

「そうよ、ブリトニーのことだから、毎週末に甘い夜を過ごしているのでしょう？」

「隠してもだめよ。いったいどんな夜を過ごしているの？」

仲のいい六人の中でも奥手なジェシカとクリスティーナは、三人がブリトニーを追及している言葉だけでも真っ赤になる。

しかしブリトニーは思わせぶりにクスッと笑い、テーブルに身体を寄せた。

「話してもいいけれど、クリスティーナが倒れちゃうかもしれないわ」

「あら、クリスティーナもギルバート様と婚約をするほどの仲になったのだし、もうそういう話を聞いても大丈夫よね？」

「私はその……」

もうギルバートと何度も愛を確かめ合っているが、だからこそ余計にブリトニーの話の想像がついてしまって、クリスティーナはますます真っ赤になる。

「うふふ、クリスティーナったらギルバート様との熱い夜を思い出しているの？」

「どうだった？　やみつきになるほど好かったでしょう？」

「あの瞬間は、頭の中が真っ白になった？」

あからさまな質問に、クリスティーナはとうとう耐えきれずに顔を覆い隠した。

その瞬間に友人たちはおもしろそうにクスクス笑い、クリスティーナの頭を撫でてくる。

「その態度で充分わかったわ。クリスティーナは本当に嘘がつけない子よね」

「純粋すぎて心配だったけれど、自分の意志を貫いたあなたを見てホッとしたわ。さぁ、もう訊かないから顔を上げて？」

「本当に……？」

「えぇ、けれど左手の薬指に光る指輪の話を聞かせて」

恐る恐る手を下ろしたクリスティーナの薬指に光る大粒のサファイアが気になるらしく、

友人たちは興味津々といった様子で凝視めてくる。

「これは、ギルバートがオルコック伯爵家に代々伝わる指輪をお母様から受け継いで、それを今風に加工してくれた婚約指輪なの」

指輪を愛おしそうに撫でながら語るクリスティーナを見て、友人たちはほぅ、と息をつき、優しく微笑んだ。

「家業も手伝わずに絵を描いていらしたギルバート様が、最近ではクリスティーナのお父様の会社で、見違えるほどの働きをしていると噂には聞いていたけれど……」

「私も聞いたわ。お父様なんて今頃になって、オルコック伯爵家と慌てて繋がろうとしているけれど、今更遅いわよね」

冗談めかして言うアナベルに、みんながプッと噴き出す。

そして改めてというように、ジェシカがクリスティーナの手に手を添える。

「初恋を貫いて良かったわね」

「幼い頃からの恋が実るなんて、とてもロマンティックだわ」

全員が本当に自分のことのように喜んでくれているのがわかり、クリスティーナは少しはにかみながらも微笑んだ。

「どうもありがとう。けれどまだお父様からのお許しは出ていないの」

「まぁ、相変わらずなのね」

「二人の気持ちさえ同じなら、おじ様の圧力に負けちゃだめよ」

「えぇ、もちろん。けれどなんだか最近は、父もギルバートを少しずつ認めてきているような気がするの」

先日クリスティーナの去り際に、ギルバートについてぽつりと呟いただけではあるが、それ以外にも時々、父はクリスティーナを感慨深い瞳で凝視めてくるようになった。

そして『クリスティーナも、ずいぶん成長したのだな』とか、『私たちの許を離れる日も近いのかもしれないな』などと、まるで独り立ちの時を惜しむようなことを言ってくるようになった。

「きっとクリスティーナとギルバート様が、真剣におつき合いをしていることに気づいたのじゃないかしら？」

「彼になら任せてもいいと思えるようになったのよ」

「そう思う？」

友人たちに言われると、ますますそんな気がしてきた。

ギルバートが真面目に働いている姿を見て、なにもマーヴィンではなくギルバートでも充分に家督や事業を任せられると父も考え直したのかもしれない。

「そうよ、期待していてもいい筈よ」

「もしもおじ様が結婚を許したら、クリスティーナも来年の六月には結婚ね」

「あら、そうなったら奥手のジェシカが一番乗りで、次はもっと奥手なクリスティーナで、その次が私の順番になるのかしら」

ブリトニーの言葉を聞いて、それまで祝福ムードでいたキャロルとビアンカとアナベルが、慌てたように顔を見合わせる。

「いやだ、私たちも遊んでばかりいないで、結婚を真剣に考えないと！」

「本当に！　みんなのブライズメイドを引き受けているだけで終わったら大変だわ！」

「私もお相手を見つけなきゃ！　ジェシカ、ブーケは私に投げてね」

慌てる三人がおかしくて、思わずジェシカとブリトニーと一緒に笑ってしまった。

そしてジェシカがキャロルに、クリスティーナがビアンカに、そしてブリトニーがアナベルにブーケを投げる密かな協定を結んだ。

「実は本当に三人にはブライズメイドを頼もうと思っていたの」

「お揃いのドレスを作らないといけないわね」

「何色のドレスがいいかしら？」

それから具体的に決まり始めたジェシカの結婚式に向けての話に花が咲き、ブライズメイドのドレスの話や、ジェシカのウェディングドレスの話やレセプションの飾りつけについて、六人で真剣ながらも楽しく提案しているうちに陽も傾き始め、それぞれの迎えの車がやって来て、一人ずつ帰っていった。

そして最後まで残ったジェシカの車が来るまでの間、クリスティーナは彼女と楽しくおしゃべりをしていたのだが——。

「それにしても、おとなしい私たちの結婚が先に決まるとは思わなかったわね」

「本当に。と言っても私はまだ決まった訳ではないけれど」

「大丈夫よ、自信を持ってギルバート様を待っていればいいわ。結婚が決まったら、必ず招待状を送ってね」

「どうもありがとう。どうかジェシカも幸せになってね」

ジェシカの家の車がやって来るのが見えて、二人はハグをして微笑み合った。

そしてジェシカを見送ってからふと息をついたクリスティーナは、とても幸せな気分のまま、母が寛いでいる筈のリビングへと向かった。

（やっぱり持つべきものは気の置けない友人ね）

みんなと話したおかげで気分も軽くなった気がして、機嫌のいいままリビングの扉を開けると、そこにはやはり母の姿があった。

「やっぱりここにいたのね」

「楽しい時間を過ごすことができたかしら？」

「ええ、とても楽しかったわ。あの時にティーパーティーの提案をしてくださって、どうもありがとう」

母ににっこりと微笑み、ふとその手許を見ると、母は懐かしいアルバムを開いていた。

カメラマンをわざわざ呼んで、親子三人で撮った写真もたくさんあるが、中でも幼い頃の自分だけが写った写真が何枚もある。

「懐かしい。そういえば誕生日の度に写真を撮っていたわね」

「クリスティーナは写真に収めておきたいほど可愛らしかったから、お父様はクリスティーナが生まれた時から、毎年写真を撮るのだと言っていたのよ」

確かに物心ついた時から誕生日の度に写真を撮っていたのだが、その度にドレスを新調しているのを思い出す。

それは十九歳の誕生日の時も同じで、写真が出来上がると父は楽しそうにそれを飽きることなく眺めていた。

「私は愛されて育ってきたのね……」

つくづくといった様子で呟くクリスティーナに微笑み、母はページを捲っていく。

クリスティーナも昔を懐かしむように、母と一緒に写真を凝視めた。

「これはウィンダミアの荘園でヴァカンスを楽しんでいる写真ね？」

「覚えている？　この時はわざわざカメラマンを連れて大所帯で荘園に行ったのよ」

「まったく覚えていないわ」

しかし湖の畔《ほとり》で日傘を差して微笑む母の隣で、笑顔の父に抱かれて撮られた写真は記憶にあり、クリスティーナは笑顔を浮かべた。

「これは覚えているわ。湖の畔でピクニックをしたのよね？」

「そうよ、あの時のクリスティーナは、ランチボックスにピーナッツバターのサンドイッチが入ってないと言って、ぐずってばかりいて」

「本当に？」

「ええ、それでわざわざお父様が荘園に戻って、ピーナッツバターのサンドイッチを持ってきてくださったのよ」

まだ小さかったとはいえそんな我が儘を自分が言っていたなんて、なんだか恥ずかしい。しかも父が甲斐甲斐しく自分の為に動いてくれていたことを思うと、心が温かくなるようだった。

「私はお父様に愛されているのね……」

「ええ、もちろん。時々私が焼きもちを焼くくらいだったわ」

「いやだ、お母様ったら」

肩を竦めて言う母がおかしくて、クリスティーナはクスクス笑いながら母に寄り添う。

「お父様もお母様もずっと大好きよ」

「私たちも愛しているわ。クリスティーナがギルバートと結婚をしてもそれは同じだから、どうか覚えていてね」

「もちろんよ」

母の言葉にしっかりと頷き、それからも母と一緒にアルバムを眺めては、その時の思い出を楽しく話していると、扉をノックする音が聞こえてロバートが入室してきた。

「お楽しみのところ失礼致します。そろそろご主人様がご帰宅されるお時間です」

「あら、もうそんな時間？　一緒にお出迎えしましょう、クリスティーナ」

「ええ、食後にまたお父様ともアルバムを見たいわ」

ソファから立ち上がり、母とまだ昔の話をしながら玄関ホールへ向かうと、そのタイミングで車がこちらへ向かってくるエンジン音がした。

そしてロバートが扉を開き、父が玄関ホールへ入ってきたのだが、それだけではなく、続いてギルバートまで入ってきて、クリスティーナは目を瞠《みは》った。

「ギルバート！」

まだ約束の一ヶ月は経っていないのに、しかも父と一緒に帰ってくるなんて、いったいどういうことなのか軽く混乱した。

喜ぶ言葉も思い浮かばず、微笑みながら凝視めてくるギルバートを、ただ見上げることしかできない。

「約束の期限までまだあるけれど、いったいどうされたの？」

「うむ……約束の期限など構っている場合ではなくなったんだ」

きがない。

母が不思議そうに首を傾げると、父は少し渋い顔をしつつも、どこかそわそわと落ち着
「ギルバートがとうとうやったのだ……」

「なにをです？」

「我が社の商品を扱う店で、あの幻のクリスティーナ・シリーズを扱っていたのは知っていたのだが……社交界の噂を聞きつけた王室から直々にクリスティーナ・シリーズの注文があって、店に『ロイヤル』の称号がつくことになったんだ！」

「まぁ、『ロイヤル』の称号が！」

イギリスで店を構えるイギリス人にとって、『ロイヤル』の称号がつくことは、それ以上に光栄なことはない。

両親は興奮を抑えきれないというように喜びを露にし、父に至ってはギルバートの背中を思いきり叩く。

「我が社を揺るがすようなことをするとは言っていたが、まさかそういう意味で会社を軌道に乗せるとは思わなかった！」

「そこまで喜んで頂けるとは、どうもありがとうございます」

すっかり上機嫌の父とは打って変わり、ギルバートは落ち着き払った様子で笑みを浮か

べている。

そしてまだことの展開が信じられずに言葉も発せないクリスティーナを凝視め、僅かにウィンクをしてくる。

「しかもカトリーナ、あのクリスティーナ・シリーズはギルバートが作った物で、なんとクリスティーナがモデルなんだそうだ」

「まぁ！　クリスティーナが!?」

母は驚きを隠せないといった様子で、二人を交互に見る。

「私たちのクリスティーナをモデルにしたビスク・ドールが王室に飾られるのだぞ。すごいことだと思わないか？」

「ええ、ええ。本当に……けれど、有名なクリスティーナ・シリーズがクリスティーナをモデルにしたというのなら、私も欲しかったわ」

「大丈夫ですよ、特別に素晴らしい出来の一体をご両親にプレゼントさせて頂こうと思って、残してあるので」

言いながらギルバートは手にしていた大きな箱から人形を取り出し、両親に差し出す。

それを受け取った両親は顔を見合わせて、それからとても嬉しそうな笑みを浮かべる。

「なんて可愛らしいのかしら……」

「昔のクリスティーナにそっくりだな」

両親が喜んでいる姿を見ているうちに、クリスティーナもようやく平常心を取り戻してきて、ギルバートの胸にとび込む。

「会いたかったわ、ギルバート」

「僕もだよ。寂しい思いをさせた？」

「寂しかったけれど、ギルバートを信じていたから……」

溢れそうになる涙をなんとか堪えて、涙目で微笑むクリスティーナを見て、ギルバートは蕩けそうに優しい瞳で微笑み、それから肩を抱く。

そしてまだ人形に夢中になっている両親に向き直り、真剣な顔をして――。

「約束より早いですが、僕らの結婚を許して頂けますね？」

「お父様、どうかギルバートとの結婚を許して」

二人して父を真っ直ぐに凝視めるが、父はこの期に及んでまだ渋い顔をする。

「お父様……」

不安で胸がドキドキしてしまい、涙目で父を凝視め続けていると、父は一度だけギルバートを睨み、それから長いため息をついた。

「あぁ、わかった……ギルバートも優秀なオルコック伯爵家の人間だと認めよう」

「では……」

「二人の結婚を認めると言ってるんだ！」

半ばヤケになって答える父を見て、ギルバートと顔を見合わせたクリスティーナは、にっこりと微笑んで彼の肩に頭を預ける。

「どうもありがとうございます」

「ありがとう、お父様」

「もういい。これからはこの人形を可愛がることにしよう」

「はい、クリスティーナの代わりに可愛がって頂けると嬉しいです」

ふと笑ったギルバートを見て父はまた睨みつけてきたが、クリスティーナが喜ぶ姿を見て、ようやく諦めがついたらしい。

そしてクリスティーナが見上げてみれば、ギルバートもまた凝視めていて、二人してさらに寄り添い合う。

「あら、まだもう一体人形があるようだけれど？」

「私たちの子供が生まれた時に、プレゼントする為の物よね？」

「あぁ、そのつもりだよ」

「素敵ね。あなたたちの子供が生まれたら、プレゼントを考えるのが楽しみだわ」

もう孫のことまで考えている母がおかしくて、二人して笑ってしまった。

それでもきっと遠くない未来に、子供を授かるに違いない。

「うふふ、香港で極上のシルクを買ってきて正解ね。式についてエリザベート夫人とさっそく相談しないと」

母はウキウキした様子でエリザベート夫人を招待して、クリスティーナと一緒にドレスや式を挙げる教会、それにレセプションの料理を考えるつもりになっている。

「さっそくギルバートを正式に婿養子として頂くご挨拶をしないと。貴方、オルコック伯爵家へ伺う書簡を書いてくださいね」

「わかったわかった。それより今夜は『ロイヤル』を頂いたことと、婚約が決まった祝杯を挙げよう」

母をエスコートしてダイニングルームへと向かった父は、まだ母にあれやこれやと注文を出されている。

その様子を見ていた二人はプッと噴き出し、それからおでこをくっつけた。

「なんだかこれから結婚に向けて忙しくなりそうだな」

「なんだか夢を見ているみたい……」

まだ少し実感が湧かなくて、ぼんやりするクリスティーナの頬に、ギルバートはチュッとキスをしてくる。

久しぶりの優しいキスが嬉しくて、クリスティーナは逞しい胸に寄り添う。

「たくさん働いて疲れたでしょう？」

「僕らの結婚の為だ。疲れなんて感じないよ」

「ならばいいけれど、少しは私のことも頼って？」

これからは二人でひとつなのだという思いを込めて言うが、ギルバートは本気だと思っていないようで、クスクス笑いながらクリスティーナの腰を抱いてくる。

「クリスティーナが微笑んでくれたら、それで疲れも吹っ飛ぶよ」

「もう、これからは二人で歩んでいくのだから、私だってギルバートを支えたいのに……」

「クリスティーナの存在すべてが、僕にとっては支えだよ」

「ギルバート……」

甘く囁かれて、クリスティーナはついうっとりとギルバートを凝視めた。

「これからは二人で共に歩んでいこう。もう二度と離さないよ……」

「私も離れないわ。これからはずっと一緒にいられるのね」

うっとりとしながら微笑むクリスティーナを見て、ギルバートは優しく微笑んでくれて、また頬にキスをしてくれる。

くすぐったさに肩を竦めつつも、今度は目をそっと閉じると、間もなく優しい口唇が触れてきて——二人はまるで誓いを立てるようなキスをすると、晴れやかに笑い合った。

「クリスティーナ、ギルバート！　シャンパンを開けるから早く来なさい！」

遠くから父の弾んだ声が聞こえてきて、二人はプッと噴き出し、それから両親が待つダイニングルームへと急いだのだった。

◇◇◇

楽しかったディナーと食後の団欒もお開きとなり、自分の部屋に戻ってきたクリスティーナは、とても満たされた気分でほぅ、と息をつく。

祝い事が重なったことで父はワインを浴びるように飲んで、機嫌良く酔っ払っていた。

そして食後の団欒ではギルバートに、クリスティーナを大事にするように何度も何度もしつこく言いつつ、彼にもウィスキーを飲ませていたが、終いにはリビングで正体をなくし、ギルバートに抱えられて部屋へと戻っていった。

きっと父なりにギルバートのものになるクリスティーナのことを思って、楽しいながらもヤケ酒を飲んだのだと思う。

(明日の朝は二日酔いになるんじゃないかしら？)

父が少し心配だったが、長年連れ添った母が大丈夫だと言っていたので、たぶん大丈夫なのだろう。

(私もお父様たちのような夫婦になりたいわ)

そんなことを思いつつ、ギルバートとの甘い結婚生活を思い浮かべたクリスティーナは、頬を染めた。

きっとギルバートは今まで以上に愛してくれるに違いなく、いつものように優しいキスを何度もしてくれる筈だ。

それを想像するだけでますます頬が染まってしまったクリスティーナは、緩みそうになる頬を押さえた。

(私ったら、なにを想像しているのかしら。もう遅いし早く寝ないと)

自分の頬を軽く叩いてから、寝室へ向かおうとした時、控えめなノックの音が聞こえた。

不思議に思って扉を開いてみれば、そこにはギルバートの姿があり、クリスティーナが名を呼ぼうとする前に人差し指を立ててくる。

思わず黙ったまま中へ招き入れると、そこでようやくギルバートは笑顔を浮かべた。

「こんなに夜遅くにどうしたのです?」

「決まっているだろう。久しぶりにクリスティーナと一緒に過ごそうと思ってね」

「あ……」

腕を引かれたかと思うと逞しい胸にすっぽりと抱きしめられて、クリスティーナも広い背中に手を回した。

するとギルバートは髪や頬にチュッとキスをして、クリスティーナの背中を撫でてくる。

「愛しているよ……ずっと会いたかった……」

「私も……私もです……」

しばらく会えずにいたが、なんだかこうして抱き合っていると、ずっと一緒に過ごしていた時の感覚がすぐに戻ってきて、クリスティーナは逞しい胸にうっとりと寄り添う。

「しばらく会えなかったが、寂しくはなかった？」

「ええ、お友達と久しぶりにお茶をしたし、待つのは慣れているもの」

「そんな寂しいことに慣れることはない。これからはずっと一緒にいられる」

「ギルバート……」

そっと見上げてみれば、彼もまたクリスティーナを凝視めていて、また頬にチュッとキスをしてから耳朶に口唇を寄せる。

「……いいか？」

なんの了解を取られたのかすぐに察したが、両親がいる屋敷では抵抗があり、クリスティーナは上目遣いでギルバートを見上げる。

「ですが、お父様たちがいるのに……」

「そのお父様は今頃夢の中だから安心するといい」

「けれど……」

まだ躊躇するクリスティーナの耳朶を甘く噛み、ギルバートはまるで息を吹き込むように囁きかけてくる。

「クリスティーナが足りない……」

「んっ……」

くすぐったさに首を竦めるが、ギルバートは耳朶への愛撫を続けてくる。

そのうちにくすぐったいだけではなく、なんだか甘く感じてしまい、クリスティーナは潤んだ瞳でギルバートを凝視める。

「あ……ギルバート……」

「想像の中のクリスティーナじゃもう満足できないんだ。人形を作っている時はそれでも我慢できたけれど、肌の感触を知っている今はもうだめだ……」

甘く囁かれるとクリスティーナもだんだんその気になってきて、言葉にできない代わりに、ギルバートにギュッと抱きついた。

「ありがとう、クリスティーナ。優しくすると誓うよ……」

そっと抱き上げられたかと思うと、そのまま寝室へと連れて行かれる。

白と小花柄で統一されたアールデコの可愛らしいリビングとは打って変わり、寝室は落ち着いたクリーム色で統一されている。

そのクイーンサイズのベッドへ寝かされて、覆い被さるギルバートと何度もキスを交わし、お互いの服を脱がせ合う。

自分の部屋で淫らなことをするのは照れがあるが、ギルバートが身体中にキスをしてくると、たちまち身体に火が灯り始める。

服を脱がせ合いながら、愛していると何度も囁かれてキスを受ける度に、身体が悦びに花開くようで、クリスティーナも淫らなスイッチが入るようだった。

「んっ……っ……」

熱に浮かされたような目つきで凝視めると、嚙みつくようなキスをされた。

久しぶりということもあり、舌を搦め捕られて緩急をつけて吸われるだけで、そのまま達してしまいそうなほどの心地好さに包まれる。

「んふ……んっ……」

思わず甘い声をあげた瞬間、ギルバートは脚に絡んでいたドレスを下着ごと引き下ろし、キスを続けながら身体をじっくりと撫でてくる。

そして双つの乳房を掬うように持ち上げ、指先で乳首をそっと撫でてくる。

「んっ……」

キスの合間に息を洩らすが、ギルバートはまたキスを続けながら乳首をくりくりと擦り上げてきて、クリスティーナは思わず胸を反らせた。

しかしギルバートの手はどこまでもついてきて、乳房を揉みしだきながら乳首をきゅうぅっと引っ張る。

「あっ……ん……」

キスをしながら胸を愛撫されているだけなのに、なぜだか今日はあっという間に身体に火が点くようだった。

「やっ……！」

堪らずにキスを振り解いていやいやと首を横に振るが、ギルバートは乳房を揉みしだきつつも乳首を速く擦りたててきて、時折軽く引っ張ることを繰り返す。

「あ……んんっ……」

ギルバートの肩に摑まり引き剝がそうとするが、その途端に片方の乳首を口の中へちゅるっと吸い込まれてしまい、舌を駆使してザラリと舐めては転がされ、ちゅくちゅくと吸われる度にクリスティーナは肩をぴくん、ぴくん、と跳ねさせた。

同時に乳首から蕩けるような甘い愉悦が湧き上がってきて、ギルバートを引き剝がそうとしていた筈が、肩に摑まることしかできなくなる。

「んっ……や、ぁ……あ……」

ちゅ、くちゅと淫らな音をたてて乳首を舐め転がされるうちに、秘所がきゅん、と甘く疼いてきた。

いつもより早く濡れてきたことを知られるのが、なんだか恥ずかしい。

クリスティーナなりに隠しているつもりでいたがクスッと笑われてしまい、身体を撫でていた手が下肢へと滑り、大きな手が秘所をすっぽりと覆ってくる。

「あっ……」

「もう堪らない？」

「やっ……」

「もう濡れているじゃないか……」

わかっているくせに、たった今気づいたように言いながら、ギルバートが秘裂をそっと撫でてくる。

「あっ……」

そっと撫でている指が往復する度に、秘所が甘く疼く。

まだ触れられていない蜜口もひくん、と反応してしまい、まるでギルバートの指を待ち焦がれているようだった。

「もっとくちゅくちゅしてもらいたい？」

「やっ……」

そんなことはないと首を横に振るが、クスッと笑ったギルバートは、秘所を覆う指を折り曲げて、蜜口をそっと撫でてくる。

「あぁ……」

くちゅり、と粘ついた音がたつのが恥ずかしくて、クリスティーナは顔を手で覆った。

しかしギルバートの指は愛蜜を掬い取ると、その指で陰唇を撫で上げて、その先にある秘玉をそっと撫でてくる。

「んっ……っ……」

ぬるりとした指で円を描くように秘玉を弄られるのが堪らなく好くて、ころころと転がすようにされると腰が蕩けてしまいそうになる。

「だ、だめ……ぁ……あぁ……ん、だめ……」

このままではあっという間に上り詰めてしまいそうで、クリスティーナは身体を強ばらせて、甘い疼きに耐えていた。

なのにギルバートの指にかかると、あっという間に快楽にのみ込まれてしまう。

「やっ……やぁっ……！」

「いや、じゃないだろう。ここはもっとしてほしいと言っているよ？」

「んんっ……っ……」

くちゅくちゅと粘ついた音をたてて小さな秘玉を擦られ、その度にクリスティーナは腰を跳ね上げた。

するとギルバートはクスッと笑いながら、秘玉を弄る指はそのままに、ひくひくと息づく蜜口の中へ指を一気に挿入してくる。

「あっ……っ……！」

久しぶりの挿入に身体が一瞬だけ竦み上がったが、クリスティーナの身体はギルバートをしっかり覚えていたようで、長い指を根元までのみ込んでしまった。

そしてもう片方の手は乳房を摑み、同じタイミングで揉みしだいてきた。

「あぁっ……っ……」

物足りなさを感じていた媚壁が、ギルバートの指を悦んで締めつけては、さらに奥へと誘おうとする。

ギルバートもわかっているようで、指を増やして隘路を穿ち、同じタイミングで秘玉を擦りたててくる。

そしてクリスティーナが絶頂の波を感じてシーツに縋りつくようになると、興奮に包皮から顔を出している秘玉をころころと転がしながら、最も感じる媚壁の一点を擦り続ける。

「あっ……あっ、あぁっ……だめ、もう……だめぇっ……！」

だめだと言っているのに、ギルバートはクリスティーナの弱みを執拗に刺激し続ける。

「あ、んんっ……あ、やっ……やあぁぁあっ！」

堪らずにクリスティーナは腰を跳ね上げたまま、とうとう絶頂を迎えた。

その間は息すらできず、頭の中も真っ白になり快感の余韻を全身で感じていたのだが、ギルバートが指を引き抜くと同時に、クリスティーナもベッドに沈み込む。

「は……ぁ……」

全身で息をしながら目をうっすらと開くと、ギルバートはとても満足げに微笑んで、頬やおでこに柔らかなキスをしてくる。

「やっ……」

今はどこを触られても敏感に反応してしまい、ギルバートから逃れるように寝返りを打ったが、すぐに引き戻されて、また噛みつくようなキスをされる。

「ふ……」

ザラリとした舌が絡み、まるで想いの丈を伝えるように吸いついてくる。

それにクリスティーナもおずおずと応え、愛おしい気持ちを伝えた。

「愛している……」

「あ、ん……ギルバート……」

隙間なくギュッと抱きしめ合い、またキスに夢中になっていると、ギルバートの熱い楔が秘所にひたりと押し当てられた。

それでも抵抗もせずにキスを続けているうちに、膝裏をそっと持ち上げられて、蜜口に反り返る熱を押し当てられる。

「いくよ……」

「あ……っ……」

この瞬間は毎回、胸がせつなくなってギルバートがより恋しくなる。

堪らずに首に抱きつけば、ギルバートは宥めるように頬にチュッとキスをしてくれる。

それが嬉しくて僅かに微笑むと、ギルバートは歯を食いしばり、隘路をゆっくりと突き進んでくる。

「クリスティーナ……ッ……」

「あっ……ぁ……」

息を逃してギルバートを受け容れている間は四肢が甘く痺れて、胸の奥から愛おしい気持ちが湧き上がってきて、なんだか泣きたい気分になる。

それでもギルバートを凝視めて僅かに微笑み、ひとつになる瞬間を一緒に目指す。

そして最奥まで辿り着いたところで、お互いにホッと息をついて微笑み合った。

「僕がわかるか？」

「はぃ……」

身体の中の存在を誇示するかのように、先端でそろりと擦られて、クリスティーナは感じながらも素直に頷く。

それが嬉しいのか、ギルバートは何度も何度も先端でつついてきて、クリスティーナは堪らずにギュッと抱きついた。

「も、もう意地悪はいやです……」

「意地悪じゃないよ。僕だけが知るクリスティーナの淫らな姿を見たいだけだ……」

「それも意地悪です……」

ムッとした表情を作ってみせたが、ゆったりとしたリズムで揺さぶられると、たちまち淫蕩な表情が浮かんでしまう。

平静を装うとしても、弱みをすべて知り尽くしているギルバートにはちっとも効かなくて、そのままずくずくと突き上げられてしまう。

「あっ……あぁ、あっ、あっ、あぁ、あっ……」

隘路を擦り上げられただけで、あっという間に心地好くなり、最奥をつつかれる度に蕩けきった声があがる。

堪えようとしても無駄で、ずちゅくちゅっと淫らな音をたてて律動をされると、なぜだかギルバートに甘えたくなってしまい、手を伸ばした。

すると彼はその手をギュッと握りしめてくれて、さらに烈しく穿ち始め、クリスティーナは堪らずに腰を突き上げた。

「あ、あぁ……あっ、あっ、あぁ……！」

「好いのか……？」

「んぅ……い、い……好いです……好いの……好い……」

まるで譫言《うわごと》のように口走るクリスティーナに微笑み、ギルバートは頬やおでこにチュッチュッと優しいキスをしてくれる。

「あ、ん……あっ、あぁ……」

くすぐったさに微笑みながらも肩を竦めているうちに、中にいるギルバートがびくびくっと反応して嵩《かさ》を増した。

「あっ……」

「クリスティーナ……ッ……」

息を弾ませたギルバートが、情欲に掠れた声で囁きかけてくる。

それにも感じてぞくん、と肩を竦めているうちに、腰をしっかりと掴まれた。

「あっ……あぁ、あっ、あっ、あぁ……」

張り出した先端で媚壁を掻き混ぜられるのも好くて、クリスティーナも拙いながらも腰を使い始めた。

最初はバラバラだった動きがひとつになると、得も言われぬ心地好さが広がり、どこまでが自分でどこからがギルバートだかわからなくなるほどの一体感がある。

ひとつになれたことが幸せで、さらに腰を使っていたのだが、そのうちに身体が震えるほどの絶頂の波が押し寄せてくるのを感じ、クリスティーナも手をギュッと握りしめた。

「あっ……ギルバート……私もうっ……！」

「あぁ、わかっている……ッ……一緒に……」

ギルバートは今までよりさらに烈しい律動をして、クリスティーナを追い上げる。

ものすごい勢いに必死でついていき、クリスティーナも腰を淫蕩に動かす。

そしてお互いの息遣いまで一緒になり、もっとこの感覚を共有したいと思ったが、ギルバートの反り返る楔が官能に触れた瞬間、媚壁がきゅうぅっと締めつけてしまい、二人は同時に絶頂に達した。

「ぁ……は……」

熱い飛沫を浴びせられ、お腹の中がじんわりと熱くなる。

それでもまだ現実に戻れずにいるうちに、腰を掴まれて何度か打ちつけられる。

その度に小さな絶頂を感じ、ようやく息を吹き返したところでギルバートが前髪を直してくれながら顔を覗き込んでくる。

それに僅かに微笑むと、すぐに口唇を塞がれて、最高に気持ちの良かった交歓の名残を分かち合うように舌を絡められる。

「ん、ふ……」

息が上がって苦しいが、クリスティーナもこの瞬間が堪らなく好きで、ギルバートの舌を吸い返して想いを伝える。

そして舌を絡ませ合っていた筈が口唇を触れ合わせるだけのキスへと変わり、戯れのようなキスへと変わる頃には、お互いにクスクスと笑いながら身体を優しく撫で合った。

「あの時クリスティーナに会えて良かった。僕にとって君は世界そのものなんだよ……」

「ギルバート……」

その告白だけで幸せな気分になれて、とても満たされた気分で逞しい胸に寄り添う。

「クリスティーナは僕の理想そのものなんだ……」

「私もよ……」

首筋に頭を預けているだけでも、まだ身体が繋がっているような満足感がある。

うっとりとギルバートの胸を撫でていると、その指を絡められ、頭上に持っていかれる。

そして二人して頭上に持ってきた指を絡め合い、しばらくはクスクス笑いながら指遊びをしていたのだが、最後には二人で指を合わせてハート型を作ってみせる。

「僕たちのハートだ」

「ギルバートのハートのほうが大きいわ。私に合わせてもっと小さくして」

「いいや、それはできないな」

「どうして？」

不思議そうに見上げると、ギルバートは得意げな顔をして、それからハート型にした指をさらに大きくしてみせる。

「それはもちろん、僕のほうがクリスティーナへの愛が大きいからね」

キザなセリフではあったものの、ギルバートらしい愛情表現に、クリスティーナは微笑んで、さらにぴったりと寄り添い——二人して顔を見合わせたかと思うと、クスッと笑い合い、ハート型にした指をいつまでも凝視めていたのだった。

◇終章　うららかな日々◇

薔薇が咲き誇る庭で優雅にお茶を楽しみながら、クリスティーナはゆったりとした気分でティーカップをガーデンテーブルに置く。

その満ち足りた眼差しは、噴水から流れる水を不思議そうに覗き込んでいる小さな息子へ注がれていた。

「ジョシュア、あまり覗き込んではだめよ。水の中へ落ちてしまうわ」

あれから五年。両親に許された翌年に結婚式を挙げ、その翌年には子宝も授かり、ジョシュアはもうすぐ三歳になる。

妊娠を知った時はとても嬉しくて、同時に自分のお腹にギルバートとの子供がいることに、とてもドキドキもした。

しかしギルバートがなにより喜んでくれたので、嬉しい気持ちのほうが大きく、それからは少しずつ大きくなるお腹を二人で撫でて、出産までを過ごした。

両家の両親ももちろん孫が出来たことを我がことのように喜び、しかも生まれたのが可愛らしい男の子とあって、両親は跡継ぎの心配もなくなり、今では仕事はギルバートにすべてを任せ、孫にメロメロといった状態だ。

「さぁ、こちらへいらっしゃい。私のジョシュア」

「お母様ぁ！」

両手を広げるとジョシュアは、まるで仔犬のようになんの迷いもなく駆けてくる。

それを両手で受け止めて抱き上げ、マシュマロのように柔らかな頬にキスをする。

「お母様、妹はいつお腹から出てくるの？」

「そうね、今年の八月には生まれてくると思うわ」

「早く生まれてね、僕の妹」

まるでモミジのような手でお腹をそっと撫でられて、クリスティーナはクスクス笑った。

ジョシュアの時は難産で、前駆陣痛が続いたあと、丸二日も陣痛で苦しんだものだった。

父は見ていられないと部屋から出て行き、ギルバートと母、そしてシェリルがつきっきりで面倒を見てくれていたが、いざ出産の時にはギルバートも外へ出されてしまった。

心細い気持ちになったが、そんなことを思っていられたのは、ほんの一瞬だった。

そして助産婦がやって来て屋敷中のメイドたちが右往左往する中、薔薇が咲き誇る五月の明け方にジョシュアは生まれたのだった。

父と共に部屋へ通されたギルバートは、まずはクリスティーナの無事を確かめ、それから我が子を嬉しそうに抱きしめて、今にも泣きそうな顔をしていた。

それがおかしくて笑ったことは今でも根に持たれているが、今ではいい思い出だ。

そして今年のニューイヤーを家族全員で祝っている時に、不意に吐き気を感じて医師に調べてもらったところ、なんと二年ぶりにまた妊娠していることが判明し、ニューイヤーパーティーだけでなく、盛大なパーティーが催されたのだった。

ギルバートはもちろん喜んでくれて、ジョシュアと父の三人で、今度は女の子が生まれると期待している。

まだどちらが生まれるかわからないというのに、男性陣はすっかりその気になっていて、母と呆れて笑ってしまったものだった。

「こら、ジョシュア。また母様に甘えているな？」

「お父様！」

屋敷からやって来たギルバートに声をかけられたジョシュアは、嬉しそうに彼の許へ駆けていく。

軽々と抱き上げられるのが嬉しいらしく、ジョシュアはすっかりご機嫌だ。

そんな仲睦まじい二人を椅子に座ったまま凝視めていると、近づいてきたギルバートがキスをしてくる。

それに応えて軽くキスを返すと、彼は満足げに微笑みながら、クリスティーナの大きくなったお腹を擦る。

「具合は悪くないか？」

「もう安定期に入っているから出かけられるわ」

「キャンセルしてもいいんだぞ？」

「いいえ、マーヴィンの結婚式だもの。出席しない訳にはいかないわ。それにジョシュアがアイリーンとリングベアラーを務めるんですもの。絶対に行かないと」

マーヴィンたちの結婚式の指輪交換の際に、ジョシュアはリングピローに載ったマリッジリングを運ぶ大役を頼まれたのだ。

なので今日はジョシュアにもおめかしをさせて、ヴァージンロードを歩くジョシュアと、いとこのアイリーンをしっかりと見たいと思っている。

子宝に恵まれなかったルーカス夫妻もまた、クリスティーナより一年早くアイリーンという可愛らしい女の子を授かることができ、とても可愛がっている。

女の子はやはりドレスを着せるのが楽しいらしく、ルーカス夫妻はドレスを新調してばかりらしい。

なので実を言うと、クリスティーナも次は女の子がいいと密かに思っていた。

「本当に大丈夫なのか？」

「もちろんよ。気分が悪くなったらすぐに言うから連れて行って」

「仕方がないな。本当に気分が悪くなったら言うんだぞ」

「ええ、もちろんよ」

まだ心配そうな顔をしているギルバートににっこりと微笑んでみせ、手を借りてゆっくりと立ち上がる。

クリスティーナとギルバートに続き、マーヴィンも去年から交際を始め、伯爵家の美女と婚約をして、今日が結婚式なのだ。

マーヴィンも婿養子として、一流の紅茶店を経営している伯爵家へ入ることになる。

「親戚が増えて嬉しいわ。ジョシュアもこのお腹の子も、アイリーンやたくさんのいとこが出来て幸せね」

「そうだな。子供同士で遊べば、クリスティーナを独占できるしな」

「ギルバートったら……」

「さて、それじゃそろそろ出かけるか」

「ええ」

腰を支えてくれるギルバートに寄り添うと、頬にチュッとキスをされる。

それが嬉しくて彼の背中に摑まり、クリスティーナはにっこりと微笑んだ。

するとギルバートはジョシュアを余裕で抱きかかえながらも、またクリスティーナにキスをしてきて――。

「女の子が生まれたら人形作りを再開したら？」

「もう人形は作らないよ。なにしろもう目の前に僕の幸せがあるからね。ほら、ここここにも」

「うふふ……」

そう言いながらギルバートはジョシュアにキスをして、それからクリスティーナの大きなお腹をさすり、最後に頬へとキスをして微笑んでくる。

それに微笑み返して、今度は二人揃ってジョシュアにまたキスを贈る。

ジョシュアが笑うと二人も幸せになれて、にっこりと微笑み合い、薔薇が咲く庭をゆっくりと歩いて行く。

ふと空を見上げれば、まるでギルバートと出会ったあの日の空のように、抜けるような青空が広がっている。

なんだかいいことがありそうで、クリスティーナはギルバートの肩に頭を預ける。

ギルバートは歩調を合わせてくれていて、それだけで心からの幸せを感じる。

笑みを深くしたクリスティーナが、ギルバートの頬にキスを贈ると、今日の主役以上に幸せな気分になれて、二人はいつまでも微笑み合っていた。

あとがき

なんだか今回の主人公の名前が打ちづらくて、最後まで四苦八苦していた沢城《さわき》です。

どういう訳だか指がもつれて、ぜんぜん慣れなかったです（汗）

そして今回も担当様にはご迷惑をおかけしました……。

いつもギリギリの綱渡りをさせてごめんなさい。ですが一緒に作品を作っていく作業は、とても楽しかったです。

次回もどうぞよろしくお願い致します。どうもありがとうございました！

さらに美麗なイラストで作品世界をより膨らませてくださったウエハラ蜂《はち》先生にも感謝致します。そして今回はいつにも増してご迷惑をおかけしました。

なのにとても素敵なイラストをどうもありがとうございました！

これに懲りずにまたお仕事ご一緒してくださると嬉しいです。

そしてなによりここまで読んでくださったあなたに最大の感謝を致します！

この作品で少しでも楽しい時間を過ごして頂けましたら、私も嬉しいです。

ではでは、またお会いできましたら！

沢城利穂《りほ》

この本を読んでのご意見・ご感想をお待ちしております。

◆ あて先 ◆

〒101-0051
東京都千代田区神田神保町2-4-7 久月神田ビル7階
㈱イースト・プレス　ソーニャ文庫編集部
沢城利穂先生／ウエハラ蜂先生

僕だけのシュガードール

2016年5月8日　第1刷発行

著　　者　沢城利穂《さわきりほ》
イラスト　ウエハラ蜂《はち》
装　　丁　imagejack.inc
D T P　松井和彌
編集・発行人　安本千恵子
発　行　所　株式会社イースト・プレス
〒101-0051
東京都千代田区神田神保町2-4-7 久月神田ビル8階
TEL 03-5213-4700　　FAX 03-5213-4701
印　刷　所　中央精版印刷株式会社

ISBN 978-4-7816-9576-1
定価はカバーに表示してあります。